惡魔高校D×D

學生會與利維坦

DX.4

石踏一榮
ICHIEI ISHIBUMI

Kadokawa Fantastic Novels

彩頁、內文插圖／みやま零

目錄

「紫金獅子王(imperial purpure)」隊VS「天帝的長槍」隊篇
——英雄的證明——

「燚誠之赤龍帝」隊VS「蒼那・西迪」隊篇
——比當時還要強大，比現在還要遙遠——

那個男人——生來帶有最強的長槍。

那個男人——生來沒有任何能力。

「紫金獅子王（imperial purpure）」隊VS「天帝的長槍」隊篇

——英雄的證明——

Power.1 沒有毀滅之力的大王

事情發生在我們剛和杜利歐率領的「天界的王牌」隊打完比賽沒多久的時候。

我們來到位於冥界魔王領的首都「莉莉絲」。來到這裡的理由則是——

「哼哼哼，看來你的氣數已盡了啊，胸部龍！」

在戶外的大型舞台上，穿著壞蛋風格服飾的「魔龍將霸豪」，也就是爆華，睥睨著身穿鎧甲，跪倒在地的我——「胸部龍」，發出嘲笑。

而我也扮演好我的角色。

「唔！竟然強到這種地步啊，魔龍將霸豪！」

表現出英雄的演技。

這時，擠滿觀眾席的小朋友們為我加油。

「胸部龍不可以輸————！」

「快站起來————！」

「乳龍帝胸部龍」的戶外英雄秀呈現出空前的盛況！

沒錯，我們新舊神祕學研究社的成員們為了參加以這場英雄秀為首的幾場表演活動，全都來到了冥界。

儘管有排名遊戲國際大會和學業要顧，做好這種工作對於我們而言也是重責大任。

這次參加的「胸部龍」戶外英雄秀，似乎和電視節目內容也會有關聯，是一場為了紀念電視節目系列進入新的章節而由我們本人演出的特別公演。

——然後，爆華扮演的「魔龍將霸豪」則是將在電視節目的新系列當中登場的新敵人。

當然，在電視和其他活動當中，是由仿照我們外貌的演員們負責演出就是了……

沒想到，爆華才剛成為我的臣子沒多久就加入了「胸部龍」……吉蒙里家的工作人員還真是眼光獨到，手腳也很快呢……

——如此這般，在這場將接續到電視節目新系列的英雄秀當中，我「胸部龍」因為「魔龍將霸豪」而陷入了危機。畢竟，一開始得先強調新敵人有多強大才行。

「我不會輸的！無論幾次我都會迎戰敵人！」

我站了起來，攻向爆華——但是爆華靈活地活動牠巨大的身軀，以揮空的拳打腳踢表現得像是牠傷害到我了似的。而我也表現得像是中了牠的拳打腳踢一般，誇張地向後仰，當場倒在地上。

「哼哈哈哈哈！你就這點斤兩嗎，胸部龍啊！聽說你打倒了黑暗騎士獠牙，我原本還很期待呢……看來我的期待是落空了！好弱啊，你太弱了，胸部龍啊！哼哈哈哈！」

爆華演壞蛋演得非常出色。笑聲也令人恨得牙癢癢的。

……說不定爆華那個傢伙其實是個戲精？我意外發覺了臣子的才能。

「嗚哇啊啊啊！胸部龍被幹掉了！」

「那隻龍好可怕喔——！」

小朋友們對劇情的反應也完全如同預期……不過，看來爆華的壞蛋演技讓小朋友受到驚嚇的程度，超乎了原本的預想。也罷，這樣給他們留下的印象也比較深刻，或許是好事吧？

「你休想再動他一根寒毛！」

隨著響徹會場的型男聲線登場的——是身穿英雄秀服裝的「黑暗騎士獠牙」，也就是木場。

「呀啊啊啊啊啊啊啊啊啊啊啊啊啊啊啊啊！木場場——！」

「獠牙大人啊——啊啊啊啊啊啊啊啊啊——啊啊——！」

木場扮演的獠牙一現身，會場裡的媽媽們全都放聲尖叫。她們之前原本還很安靜，結果木場一出現就這樣！

木場扮演的獠牙，之前原本是壞人那邊的幹部，但是從這場秀開始變成了我們這邊的夥伴，以魔劍指著「魔龍將霸豪」同時大喊：

「霸豪！他——胸部龍，是我的獵物！你別想隨便亂來！」

對於獠牙的發言，霸豪怒吼。

「你這個叛徒！竟然倒戈到胸部龍那邊去了！看我連你也一起咬死！」

沒錯，在新系列當中，原本在上一個系列裡面是敵人幹部的「黑暗騎士獠牙」將成為我們的夥伴。或許是因為這樣，媽媽們都非常關切新系列。

獠牙酷勁十足地說：

「你可別誤會了。要打倒胸部龍的是我！我不會將他交給任何人！」

『呀啊——啊啊啊啊啊啊啊啊啊啊啊啊！獠牙大人————！』

木場的宣言讓媽媽們為之神魂顛倒。

獠牙拿著魔劍對抗霸豪——但是那條巨龍展現出豪邁的演技，就連他的攻勢也遭到瓦解。獠牙沒兩下就被打到魔劍脫手，中了（揮空的）拳頭，往後飛了出去。

舞台上的構圖，是胸部龍和獠牙兩大人氣角色陷入危機。小朋友們全都一臉忐忑不安，心驚膽戰，甚至還有小朋友已經哭出來了。

「哼哈哈哈哈哈哈！胸部龍、獠牙！雙方都不足以為懼！兩者都不是本大爺魔龍將霸豪的對手！哼哈哈哈哈哈哈！」

正當霸豪的嘲笑響徹會場，我和木場都一臉心有不甘的時候，忽然冒出一道聲音：

「且慢——！」

火藥在舞台上引發盛大的爆炸，一個身穿金色鎧甲的新角色從升降舞台現身。

「魔龍將霸豪！我『雷歐尼斯．雷克斯』不准你繼續胡作非為！」

對霸豪如此宣言的，是身穿獅子王鎧甲的塞拉歐格！這次英雄秀的重頭戲之一，就是這個塞拉歐格扮演的正義英雄「雷歐尼斯．雷克斯」也會參戰！

其實，這個以塞拉歐格為原型設計的「雷歐尼斯．雷克斯」，在巴力領已經和「胸部龍」一樣製作了英雄節目開始播映，並且博得好評。

也因為這樣，吉蒙里領和巴力領決定在英雄產業開始業務合作，這次便讓「雷歐尼斯．雷克斯」加入了「乳龍帝胸部龍」。

至於這次同台演出的效果如何呢——

「獅子先生——！」

「雷歐尼斯．雷克斯——！」

「胸部龍和雷歐尼斯一起出場了！好棒好棒！」

會場盛況空前，可以說是熱鬧非凡。觀眾席陷入興奮的狂熱之中，簡直讓人不敢相信裡面還有剛才看見陷入危機的我和獠牙而落淚的小朋友們。

看著倒地不起的我和獠牙，塞拉歐格大聲疾呼：

「站起來啊！胸部龍、獠牙！你們必須站起來，面向前方，事情才會有所進展！你們應該對付的對手……是敵人和自己！」

——！

……明明是劇本上寫好的台詞，但是從塞拉歐格口中說出來，令人覺得感觸特別深，讓我氣勢大增！

我猛然站了起來，爆發出赭紅色的氣焰！

「我知道！」

「呵呵，看來我也變鈍了呢！」

木場扮演的獠牙也拾起魔劍，站了起來。

「哼哈哈哈哈哈！事到如今即使多了一個人，你們也贏不了我魔龍將霸豪！」

爆華也興致高昂地用力說出這樣的台詞。

我和雷歐尼斯．雷克斯、黑暗騎士獠牙三個人站在一起，讓會場的氣氛變得更為熱烈。

我對他們兩個說：

「好！咱們上，雷歐尼斯、獠牙！」

「「喔喔——！」」

我們三個朝霸豪衝了過去——

盛況依然的會場迎接了英雄秀的最高潮——

英雄秀結束之後過了幾個小時，我們先休息了一段時間，接著為了參加下一個活動，移動到首都「莉莉絲」的另外一個會場去。

其實，我們今天一整天都排滿了活動。白天是室外英雄秀，晚上是在室內的大型劇場表演廳舉行的新生代「國王（king）」座談會。

主題是「排名遊戲國際大會阿撒塞勒杯的去向」，相當正經。

獲選為座談會來賓的，是正在參加排名遊戲國際大會的新生代惡魔，同時也廣受冥界居民支持的莉雅絲和塞拉歐格。同時，很榮幸的，我也獲邀一同參加！

蒼那學姊和絲格維拉因為行程無法配合，沒能與會。

站在台上的男性主持人對著觀眾開始談話，說明這次座談會的概要。

「那麼，讓我們歡迎目前在冥界最受到關注的三位『國王』進場吧。各位來賓，請上台。」

我、莉雅絲、塞拉歐格在觀眾鼓掌歡迎之下站到大型劇場表演廳的台上，依照主持人的指示，在準備好的椅子上並肩坐下。

我望向會場——現場是座無虛席，眾多觀眾全都注視著我們。仔細一看，還有許多觀眾站著參觀，足見在場的惡魔人數之多。

主持人再次開口說：

「今天我們請到塞拉歐格王子、莉雅絲公主、兵藤一誠先生來到現場，現在座談會正式開始。那麼，針對目前在所有勢力引發熱烈討論的排名遊戲國際大會『阿撒塞勒杯』，我先為各位說明一下概要——」

主持人簡單聊了一下大會的內容，同時舉了幾場眾所矚目的比賽，交代了一下到目前為止的經過。

主持人也提到塞拉歐格、莉雅絲、我參加的比賽，並趁機詢問我們對大會的感想。

對於主持人的問題……

「各勢力互助合作，準備了這麼大的舞台，是一件令人非常開心的事情。能夠參加這樣的大會，我以一介戰士的身分感到非常榮幸，以惡魔的身分更覺得應該繃緊神經面對。」

塞拉歐格正經八百地如此回答。對於別的問題……

「任何人都可以參加，就表示原本在各陣營並不受人矚目的戰力、被埋沒的人才、隱藏的才能，更有可能浮現到檯面上來。我樂於見到這樣的戰士，更想與之一戰。不只是這次大會，或許還能夠見到今後的冥界需要的人才呢。」

莉雅絲也如此闡述個人意見。

對於我，主持人則是提出了「升格為上級惡魔之後，您離開莉雅絲公主身邊，以選手身分參賽的原因是什麼？」這樣的問題。

哦，這樣啊。對於冥界的居民、各大媒體而言，這或許是最讓大家感到疑惑的地方吧。

而我的回答——

「我……夢想著成為上級惡魔，一直以來都朝著這個夢想埋頭猛衝……好幾次都碰上瀕臨死亡的狀況，而現在真的變成了上級惡魔……能夠得到這樣的賞識，我真的很榮幸。老實說我真的很開心。我不像塞拉歐格先生和莉雅絲……大人那樣，懷抱著那麼確切的理論或是思想，純粹只是想知道現在的自己以世界為舞台能夠打到什麼樣的地步……更重要的是，既然我之前遇見的勁敵們都參賽了，自己又怎麼可以不參賽？我只是這麼覺得……」

就像這樣說出毫不矯飾的所有想法。

會場的大家也都真摯地聽得非常專注，讓我怪不好意思的！

主持人表示：

「最受大家關注的，還是您和命中注定的宿敵白龍皇之間的戰鬥了。兵藤先生本身也覺得這個部分很重要嗎？」

「是的，我們已經對彼此說過總有一天一定要做個了斷，如果舞台是這次國際大會的話，我想應該是再好不過了。」

我最坦率的心情讓會場輕微響起「喔喔！」的歡呼。

對喔，那個傢伙打著「路西法」的名號參加大會，大放異彩，所以各勢力——還有冥界的所有人民也都知道他是路西法的子孫了。

「路西法」之名的影響力非常大，而且不像只繼承了名銜的瑟傑克斯陛下，瓦利是真正的直系子孫，所以支持他的聲浪似乎日漸高漲。不過那個傢伙好像不以為意就是了。

就像這樣，主持人不斷對來賓提問，座談會持續進行著……

然而，在問到「參加大會的惡魔選手之展望」這個問題，塞拉歐格正在回答的時候。

「——也因為這樣，我個人認為即使職業選手輸給其他陣營的隊伍也不是壞事，反而是找到了新的問題，更能夠以此為契機打造更強的隊伍——」

他說到這裡，觀眾席突然傳出叫罵聲：

「……你這個騙子！」

一名男性觀眾站了起來，帶著憤怒的表情對著我們——不對，是對著塞拉歐格如此大聲辱罵。

我原本以為是那位觀眾的個人行為——

「沒錯！我看你是用了『國王』棋子吧！」

「所以沒有魔力也可以那麼強！」

「誰教你是大王家的繼任宗主！用了也不足為奇是吧！」

結果責罵他的聲音四起，站起來的觀眾也越來越多。

「請大家保持冷靜。這是討論國際大會的場合——」

主持人試圖讓大家冷靜下來，但責罵的聲音只有不住升溫。

一名觀眾如此大聲怒吼：

「聽說你包庇了很多大王派的政治家！背後應該牽扯到很多利害關係吧！」

甚至批評到政治層面了！我是聽說過在使用「國王」棋子的弊端爆發之後，冥界居民對巴力大王家的批評聲浪沒有斷過，但是……

應該說，他們以為塞拉歐格是因為「國王」棋子才會那麼強嗎！怎麼可能會有這種蠢事！這個人活到現在，吃過的苦比任何人都還要多好嗎！

「滾回去！」

不知道是誰這麼大喊，接著——

「滾回去！滾回去！」

「「「「「「滾回去！滾回去！滾回去！滾回去！」」」」」」

對著塞拉歐格大喊「滾回去」的聲音，從會場的各個角落傳了出來。並不是所有觀眾都在喊。但是，這麼大喊的人數也沒有少到足以忽視的程度……

塞拉歐格默默承受著如此喝倒采的聲音。他看起來並不生氣，只是默默不語——

我離開椅子站了起來。

等一下！這個人不會那麼做！這個人才沒有用什麼「國王」棋子——

正當我打算出聲袒護塞拉歐格的時候，莉雅絲舉手制止了我。

「一誠，別這樣。」

「……可是！再這樣下去……！」

莉雅絲盡力保持冷靜，如此表示：

「……你現在站起來的話，就連你的眷屬也會蒙受莫須有的懷疑——塞拉歐格絕對不會希望事情變成那樣。」

「儘管如此，我還是……！」

見我不肯讓步，莉雅絲又說了：

「你已經是『國王』了。保護自己的眷屬，也是你的職責。放心吧，無論是你、我，還是塞拉歐格，只要打出結果來，任何人都會閉嘴。要是沒打出結果來，無論說什麼他們都聽不進去。」

…………！

知道莉雅絲的言論是正確的，更讓我心中充滿了焦慮。我看向塞拉歐格，他也搖了搖頭，示意要我冷靜下來。

「乾脆被天使燒死算了！你這個騙子！」

一直到出聲批評的人們被警衛帶出去的那個瞬間，針對塞拉歐格的抨擊聲都沒有停過。

我──只能握緊拳頭，默默忍耐。

──他沒有用。這個人，完全沒有用過什麼「國王」棋子……！

嘗過他的拳頭的我，比任何人都還要了解這一點。

蘊藏在那種拳頭當中的，絕對沒有那種東西……！

我和塞拉歐格的戰鬥，是真材實料。全都是真材實料啊……！

在這樣的狀況之中，首當其衝的塞拉歐格，對著被帶出去的聽眾如此宣言：

「──請你們看比賽。我希望你們能夠看我今後的戰鬥。現在我能說的只有這個。」

「…………」

對於塞拉歐格精簡的發言，被帶出去的人們並沒有回應。

……對塞拉歐格的抨擊，讓我覺得就像是發生在自己身上的事情一樣，在座談會剩下的時間當中，甚至到結束之後，我都一直覺得很不甘心──

英雄秀、座談會的那天，我們直接在「莉莉絲」的高級飯店住了一晚。隔天，我起了個大早，偷偷溜出我們過夜的飯店，前往附近的公園。

其實，是因為我從飯店房間的窗戶，看到了公園的狀況。

塞拉歐格在沒有人煙的公園的一角進行肌肉鍛鍊。沒錯，我是因為從飯店房間的窗戶看見穿著運動服的塞拉歐格，覺得在房間裡待不下去，就跑到公園來了。

我知道塞拉歐格和眷屬們也住在附近的飯店裡，但是沒想到才剛發生過那種事情，隔天他還是一如往常進行訓練……

塞拉歐格似乎已經做完柔軟操，準備開始跑步了。我朝他走了過去，而他也看見了我。

我一開口就說：

「我也一起跑。」

塞拉歐格露出一臉驚訝的表情，然後苦笑，點了點頭。

他直接不發一語地開始在首都晨跑。而我也跑在塞拉歐格身旁。

稍微跑了幾公里之後，塞拉歐格邊跑邊對我說：

「練耐力……唯有這件事只能靠每天的積累。這也是最值得信賴的訓練項目了。」

「我剛來到冥界時，也被逼著在山裡跑了很久。多虧如此，我對體力還算有自信。」

仔細想想，我每次來冥界的時候，多半都會碰上很誇張的事情。第一次來冥界的時候就是在山上被坦尼大叔追著跑了。不過，也多虧有那次鍛鍊，才能夠大幅強化我的基本體力。

在肩並著肩跑步的同時，塞拉歐格對我這麼說：

「你好像為我動怒了啊。」

——！

……他是在說昨天的事情吧。我在莉雅絲身邊，因為針對塞拉歐格的惡言及辱罵而氣得發抖。

「……沒能幫上你的忙，我很抱歉。」

我如此道歉。除了氣到發抖之外，我什麼忙也幫不上。他是曾經和我並肩作戰的夥伴，我卻無法在那個當下幫他說話……

身為「國王」的這個立場，讓我制止了自己——

然而，塞拉歐格似乎能夠體會我的想法，快意大笑。

「哈哈哈，你有那個心就夠了。既然是『國王』，就不應該隨便做出會被人挑毛病的舉動。對於出生在巴力家的我而言，這就像是宿命一樣。雖然現在是這個狀況，不過老實說，其實我也有點開心。」

塞拉歐格接著又說：

「這一路走來絕對不輕鬆……但儘管如此，現在還是有很多人把我當作巴力家的惡魔、當作巴力家的繼任宗主看待。現在的狀況沉重又艱辛——儘管如此，卻很值得一搏。我真心覺得，想要設法改變這個現狀。」

——！

……儘管被說得那麼難聽，在冥界的實力也遭到懷疑，這個人還是以身為「巴力」為榮啊。

的確，回顧這個人截至今日的生涯，他現在的定位是費盡千辛萬苦才得到的容身之處。無論別人說了什麼，現在的他也不會動搖吧。因為在抵達這個位置之前，他已經披荊斬棘走了很長的路。

塞拉歐格一邊和我跑在一起，一邊開朗地說：

「兵藤一誠啊，我是個笨拙的惡魔。無論是面對戰友還是面對民眾，都只會直來直往地回應。無論輸了多少次、倒下多少次，也只會鍛鍊自己的身體。心想下一次一定要贏，心想要向前邁進。」

塞拉歐格當場停下腳步，朝天空舉起拳頭。

「——我覺得，拳頭可以打到任何地方。我抱持著這個想法，一路鍛鍊至今。」

粗獷的拳頭——

滿是疤痕，又大又粗糙的拳頭。怎麼看都不像是貴族出身者的、王子的手，看起來就是厚實，經過千錘百鍊的拳頭。

塞拉歐格瞇起眼睛說：

「……很遺憾的，與生俱來的才能，每個人之間是有差別的。在截至目前為止的戰鬥當中，你應該也知道這一點了才對。」

我遇見過好幾個人稱天才的人。木場、瓦利、曹操……我遇見的那些男人，練習量遠比我少上許多，進步的速度卻遠比我快上許多。這讓我非常不甘心，更讓我親身體會到何謂「高牆」。

我、塞拉歐格和匙都一樣，為了不輸給天才，只能像這樣不斷練跑再練跑，徹底鍛鍊身體才能夠趕上他們。

但是，塞拉歐格如此斷言：

「不過，他們的才能也是有限的，那些菁英總有一天也會知道自己的極限——然而，兵藤一誠。彌補自己的不足、鍛鍊，都是沒有止盡的。速度不足的話，就鍛鍊速度。腕力不足的話，就鍛鍊腕力。想要意外性的話，就去接觸未知的事物。」

塞拉歐格以拳頭抵上了我的胸膛。

「——為了提升自己而鍛鍊各種可能性。真正的敵人，是否定本身可能性的自己。」

——！

……這時忽然閃過我腦中的，是阿撒塞勒老師。這麼說來，老師也經常對我說「相信你的可能性」呢。

沒錯，塞拉歐格說的對。每次覺得自己有不足之處的時候，我就從各種觀點尋覓變強的可能。結果便成就了現在的我。

一年前的我、半年前的我、幾個月前的我，我想對過去的自己這麼說：

——你現在的煩惱是正確的。

正當我因為塞拉歐格對我說的話而感動時，我忽然感覺到背後有人的氣息，便轉過頭去。

——結果，我看見一個出乎意料的人站在眼前！

「真巧啊。」

站在那裡的，是在制服外面套著漢服的青年——曹操，讓我大吃一驚！

那還用說嗎！成了帝釋天的刺客，現在也在參加國際大會的這個傢伙，竟然出現在冥界的首都，而且還是這個公園裡面！

「——曹操！你怎麼會在這裡！」

我驚訝地這麼問，但那個傢伙只是面不改色地聳了聳肩。

「沒什麼，只是要去前面那邊辦點事情而已。原則上，這是獲得認可的行動。」

曹操簡潔地如此回答……不是啦，不管有沒有得到認可，你出現在這裡本身就是一件令人驚訝的事情了。

畢竟，這個傢伙在「魔獸騷動」的時候，讓這處首都陷入了恐慌——

等一下，還有另外一件很奇怪的事情。這個傢伙平常都把聖槍拿在手上，今天卻沒有。不見曹操拿長槍做出敲肩膀的習慣性動作，立刻就讓我覺得不太對勁，大概是因為這個傢伙隨時都把聖槍拿在手上吧。

「……我身上有哪裡不對嗎？」

我對一臉狐疑的曹操說：

「沒有啦，只是我第一次看見你手上沒有長槍。」

「呵，再怎麼說，要是我一大早就拎著聖槍走在魔王領，才真的會被你們殺掉吧。」

他輕輕笑了一下，同時這麼回答。

也對，那樣確實是個大問題……

——就在這個時候，有個人從剛才開始，就在我身邊以熱烈的視線看著曹操。

那是當然了。畢竟，在下一場遊戲當中即將對上的兩隊的「國王」，就偶然在這種地方碰面了——

塞拉歐格和曹操沒有開口，注視著彼此好幾秒。

接著，曹操毫無反應地經過塞拉歐格身旁，只對他說了一句話：

「我很期待比賽。」

塞拉歐格也揚起一抹好戰的笑容。

「好，咱們在舞台上見。」

……力量和技巧的化身。這兩者問候彼此的時候，這樣就足夠了吧。正因為是這樣的化身，所以不需要多說什麼。見個面，看到彼此的臉孔，雙方就可以了解很多事情了。

觀望著大會的選手們、支持者們，都很期待兩人的戰鬥。

——不用說，我也是！

我和塞拉歐格看著曹操離開的背影……這時，我心中忽然冒出一個疑問，便當場歪了頭，雙手抱胸。

塞拉歐格似乎感到不解，便問了我：

「怎麼了？」

「不，只是之前那個傢伙出現的時候……多半都會發生大事。」

自從在京都遇見那個傢伙之後，每次碰上他的時候都是在發生大事的時候。在他投靠帝釋天之後，現身的時機也都是在大型戰鬥或活動當中。

這麼說來，他在我升格為上級惡魔的時候也來了。

塞拉歐格說：

「呵，因為寄宿在身上的力量，那個男人想必受到多方關注吧。那個男人活到現在所遭遇過的事情，想必也是一言難盡……」

——廣受關注，一言難盡的遭遇……

……寄宿著最強的神滅具（longinus）的男人的半生啊。他經歷過些什麼事情，我是有點興趣……

既然那個傢伙之前統率著一群因為神器（sacred gear）而無法度過正常人生的人，那他大概也是……

「……那個傢伙，為什麼會懷抱著挑戰非人者的野心呢？」

我脫口而出的，是當初遇見曹操時他說出的目標。

正因為是人類，才想挑戰非人者——那個傢伙還說，打倒怪物的一直以來都是人類……

「……天曉得。聖經之神創造出來的『系統』，不是我們惡魔能夠推知的。」

塞拉歐格這麼說完，再次開始練跑。

在跟上去的同時，我轉頭看向後方——看向曹操。看著曹操那越來越小的身影。

……毫無戰意，也沒有把長槍扛在肩上的那個傢伙的背影，怎麼看都只是一名和年齡相仿的青年而已——

Power.2 英雄與少年們

那名少年，誕生在中國一處深山裡的鄉下小農村。

少年出生的家，祖宗代代都是農家，祖父和曾祖父也從以前就以農業為生，在那個村子裡度過一生。

少年也從懂事之後便從事農業，一面向雙親學習耕種，一面過著每一天的生活。

那是個什麼也沒有的農村。家裡沒有電視，連村子本身的電力網也不能算是完善，就是這麼偏僻的一個鄉下。

少年住的房屋相當簡陋，不過並不是只有他們家這樣，村子裡大多房舍都相當簡陋。

在那個世界，這才是理所當然。

少年喜歡和同年紀的朋友在山上奔跑，玩冒險遊戲。

因為雙親說的可怕「妖怪」故事而雀躍不已的少年，最喜歡和朋友們一起上山，分成探險隊和妖怪兩邊，玩收妖遊戲。

在開心的時候、難過的時候、生氣的時候——少年固定會去一個地方。專屬於自己的特別地方——他會爬上村子裡最高的一棵樹，遙望那座不知道正確名稱的高山。

從村子裡可以看見的最高的一座山——爬上那座山，是他的夢想。

一成不變的鄉下生活——年幼的他曾經以為這會持續一輩子。

然而，有一天，事情突然發生了。

在少年像平常一樣和朋友們上山玩冒險遊戲的時候，只有他一個人迷了路，往深山裡面越走越遠，越走越遠。

他在深山裡碰上的——是未曾見過的，奇形怪狀的怪物。

少年碰巧在怪物捕食山裡的生物時撞見了牠，又很倒楣地被發現了。怪物說「好久沒吃人肉了」，舔了一下舌頭，便襲擊了少年。

少年拚命逃跑，想要逃出一條生路，但是在山裡面無法如願到處奔跑，而且他不過是個小孩——腳力又怎麼贏得過非人者的腳程？

少年沒多久就被抓到了。就在快要被吃掉的當下，之前的人生像跑馬燈一樣，掠過對於一切絕望的他的腦中，讓他回想起其中最開心的一刻，也就是和朋友們一起玩收妖遊戲的那個時候。

……唉，如果我真的有足以打倒妖怪的力量就好了——

就在少年這麼想的時候。他的體內深處用力搏動了一下，胸口發出耀眼的光芒，一樣東西穿了出來。

——是一柄神氣逼人的長槍。

長槍發出的光芒燒灼著那隻怪物，燒得牠幾乎站不住腳。

少年抓住長槍，簡直就像是一開始就知道該怎麼做似的揮舞了起來。

——幾分鐘後，渾身是血的少年，茫然望著怪物消失的現場。

村裡派出的搜索隊找到少年，已經是在那之後過了一個小時的事情了。以雙親為首，村子裡的所有人看見渾身是血的少年，都大吃一驚。

後來，少年又回到一如往常的鄉下生活。但是，只有一件事和以前不一樣。

——他能夠從手中變出閃耀著光芒的長槍了。

他不知道自己身上發生了什麼事。因為事情太過於不尋常，他也無法告訴雙親和朋友。

然而，在注視著那把長槍的時候，他就會覺得心情平靜許多。

在什麼也沒有的深山村莊，過著極其普通的農家生活的自己手上出現的美麗長槍——

對他而言，這是有生以來第一次得到能夠「引以為傲」的事物。

半年後，少年又遇見了別的怪物。

「原來如此。長槍這回倒是出現在很不得了的地方呢。」

那是一隻長得像年邁猿猴的怪物。怪物自稱是「齊天大聖」。

猿猴怪物一邊摸少年的頭一邊說：

「……小子，那個東西呢，那柄長槍啊，遲早會讓住在這種深山裡的你遭逢不幸吧。不過呢，小子。你就是你。長槍可無法代表你喔。你必須讓長槍成為你的一部分才行。」

說到這裡，猿猴怪物苦笑著說：「好了，這下老夫該怎麼向天帝報告才是呢？」

離開的時候，猿猴怪物又對少年這麼說：

「不知道你小子知不知道這件事。你的體內，繼承著這個國家的英雄——『曹操』的血統喔。不過，血統就只是血統。是否能夠察覺到這一點，並活用之、使其覺醒——還得看小子你下的工夫。」

——「曹操」。

對於少年而言，那是個和他的名字完全不同的，陌生人的名字。然而，唯有「英雄」兩個字在他的心中不斷迴響。

在拿起長槍之後，他不斷遭遇這種不可思議的體驗。

最後，不只是怪物，就連人們也開始企圖接觸他了。

有一天，少年種完田回家之後，發現一群服裝整齊，從來不曾見過的人來到他的家中。

少年的雙親一看到他回來，立刻帶著笑容這麼說：

「太好了！」

「是啊，真的太好了。」

被雙親抱住的少年還搞不清楚他們這麼說是什麼意思，他的雙親接著又這麼說：

「你可以去都市上學了！」

「太好了！你還可以吃到很多好吃的東西喔！」

突然聽雙親這麼說，少年依然是滿頭問號……這時，服裝整齊的人們帶著虛偽的笑容，對少年這麼說：

「你是獲選之人。我們之所以過來，就是為了告訴你的爸爸媽媽這件事。」

那些人開始說明，但對於當時的少年而言那只是一連串難以理解的話，他完全無法掌握狀況。

——但是，唯有一件事，少年能夠理解。他的視線前方，是父親的手。

父親的手上——握著一疊厚厚的鈔票。

即使是年幼的少年，也能夠立刻理解到一件事。

——自己被賣掉了。

少年當天就在口袋裡塞了少許的食物，逃離自己的家。

他原本以為，只要離家出走幾天，就可以回到原本的生活——然而，就從這一天開始，他原本的認知，被來自超乎常軌的世界的來訪者打碎了。

立刻就有拿著武器的大人們想要他的命。毫無天理可言的生活就此開始。少年不斷揮舞著發光的長槍，不斷逃離大人們。

即使碰上追蹤他的人，也因為有長槍而幸免於難。

即使在山上撞見迷路的野獸，也因為有長槍而保住一命。

在某個村子遭到販賣人口的掮客襲擊的時候，也因為有長槍而成功擊退了對方。

儘管體驗了一連串足以改變人生的事件——他卻也終於能夠親眼見識到廣闊的世界了。

金碧輝煌的建築物，像山一樣高的大樓，比村子裡的祭典還要熱鬧，數也數不盡的人們來來往往的寬闊街道。

即使是在如此震撼他的都市當中，刺客依然毫不留情地對他——以及長槍下手。

——把你的長槍交出來！那種高檔貨在你手上太浪費了！

每天都差點送命——

其中也有人試圖靠花言巧語將他拉進自己的勢力……

然而，被父母賣掉，又過著不斷逃亡的生活，讓少年變得除了長槍之外，無法再相信任何事物了。

就這樣，在他逃出村子之後，過了幾年——

少年甚至離開了中國，打算在其他國家另覓活路。

在接觸未曾聽聞的外國文化、人民之後，他的心中開始產生一個信念。

——我有長槍可以靠。只要有這把長槍就能夠去到任何地方，就可以戰勝任何對手。

持續過著逃亡生活的他，在戰鬥方面的才能隨之覺醒，也能夠發揮出長槍的特性來了。

然後，他捨棄了姓名，開始以猿猴怪物提到的英雄名字——「曹操」之名自稱。此外，他更得知了自己所擁有的異能之力名為「神器」，而自己的長槍還是其中比較特別的一種「神滅具」，被視為最強的「聖遺物（relic）」。

少年——曹操，在那之後也繼續環遊世界，在成長為青年之後回了出生地一趟。

在他環遊世界的過程中，他知道了自己原本居住的村莊只不過是世界的一小部分，更重要的是他也了解到「金錢」的力量有多大。在那麼貧窮的村莊生活的普通農家拿到那麼一大筆錢，會想要把小孩交給別人也是無可奈何的事情，曹操得到了這樣的結論。

事到如今，他也不打算對任何人抱怨什麼，或是繼續待在村子裡，只是想見雙親一面而已。

然而，他原本住的家——已經完全荒廢，無人居住了。

他的雙親不在那裡。

他旁敲側擊地向村子裡的人一探究竟，村民嘆了口氣，開始娓娓道來。

據說，他的雙親後來又向上門的某勢力探員提供了他們的兒子的相關資訊。

最強的「神滅具」的情報，包括持有者的身世在內，都非常寶貴。為了將「神滅具」連同持有者拉攏到自己的陣營裡，那個探員應該想要盡可能打聽到情報吧。

更重要的是，因為有了出賣兒子的情報所得到的報酬，他的雙親嘗到了奢侈的滋味。對於一直過著貧窮生活的兩人而言，那是改變了整個世界的事件。

當然，原本不知道奢侈滋味的他們，更不可能知道該如何運用金錢……沒有多久，他們開始到處胡亂借錢，欠下高額的債務。

幾乎每天都被追債，無計可施的兩人最後選擇的是——

告訴他這件事的村民，指著無人居住的廢墟——曹操老家的天花板，冒出這麼一句話。

——他們兩個就是在那裡上吊的。

…………

……那就是他們兩個最後得到的答案。

——如果這把長槍沒有寄宿在我身上的話，我們一家人的人生會不會更安穩？

曹操先是這麼想，卻又立刻甩了甩頭，轉換想法。

——我，還有我的雙親，都是弱小的普通人類。

無論有沒有這把長槍，我本身肯定還是很孱弱。無論繼承了英雄的血統，還是持有特別的長槍，在那個時候，我都無法改變狀況。

那個時候，如果選擇的不是逃跑而是戰鬥的話，父母說不定就不會落到那個下場了。那個時候，如果選擇的不是逃跑而是溝通的話，說不定就可以一起活下去了。

說不定……說不定……說不定……

各種可能性在腦中百轉千迴……然而全都只是空虛，他能夠得到的結果只有眼前的現實，就是老家成了無人居住的廢墟。

曹操在成了空屋的家裡靜坐了一個小時，然後直接離開了村子。同時，他發誓再也不會回到這裡——

我——只剩下我自己了。

我的手上，只剩下長槍。既然如此……我能做的，也只有嘗試能夠靠這把長槍走到什麼地步了吧。

這就是曹操當時心中的一切原動力——存在的根源。

在那之後，他接觸了和自己一樣，人生因為神器而改變的人們，過程當中知道了更多超自然的存在，也就是諸神以及其他的非人者。

——惡魔、魔王。龍、龍之王、龍之神。

他們擁有遠超越人類的力量，在這個世界不為人知的地方暗中活動。

自然而然地，曹操心中有了一個想法。

——他們和自己。這把長槍能夠對付他們到什麼地步？

有生以來第一次得到目的——找到近似生存價值的事物的他，不知不覺間，身邊聚集了一群擁有神器的人。

憑藉改寫了自己人生的神器，找出新的生存意義——

後來，每天都是一連串的戰鬥。無論是同樣擁有異能的人類，還是惡魔，還是龍，曹操他們都與之對抗，誇耀著自己的力量。

在這樣的生活中，他遇見了那些傢伙。

兵藤一誠、瓦利．路西法——

無論是神祇還是傳說中的魔物出現在眼前都不曾讓曹操感到害怕，而讓這樣的他打從心底感覺到畏懼、顫慄的——正是二天龍。

其中一個，對他展現出在他之上的壓倒性才能。

另外一個，讓他接連見識到比聖槍還要沒天理又亂七八糟的奇蹟。

然後，在兵藤一誠一行人手下，曹操等人的生存意義、戰鬥的理由、力量、尊嚴，一切的一切，全都被徹底粉碎了——

來到惡魔的世界——走在首都莉莉絲的大馬路上，曹操一面回顧自己的半生，一面望著呈現出獨特色澤的冥界天空。

「……我比較喜歡藍色的啊。」

如此自言自語的他，只是朝著目的地不斷邁進——

—○●○—

曹操來到了位於冥界首都莉莉絲某個區域的住宅區的一角。

那個地方——是惡魔小孩們就讀的幼稚園。

他向警衛解釋過之後，請對方帶他進去。接著，一個在花圃工作的大塊頭男子映入他的眼中。

身穿工作服的那個人——是海克力士。

他現在也是曹操隊上的一員，一起參加國際大會，不過平常都在這間幼稚園當工友。

在「魔獸騷動」之際，被冥界政府逮捕的他，在經過嚴厲的偵訊之後，還在他身上刻印了好幾重咒術，以免他作亂。

經過了如此處置，政府——魔王瑟傑克斯．路西法不是將他關進監獄裡，而是讓他待在這間幼稚園。

那位魔王是知道海克力士在騷動的時候利用了幼稚園的娃娃車，才故意將他送來這裡。

理所當然的，領民們——尤其是幼稚園小朋友的家長們一開始都大力批評……但是惡魔們最後還是接受了這件事，足見魔王——尤其是瑟傑克斯．路西法的人望之高已經到了無與倫比的地步。

一旦海克力士引發問題，在那個當下咒術就會發動，灼燒他的身體。不過，既然他現在還活著就表示……

大概是回家時間到了吧，前來迎接的家長牽著小朋友們的手，準備離開幼稚園。

小朋友們對著在花圃工作的海克力士揮揮手，對他說：

「叔叔再見。」

「明天見，叔叔。」

海克力士也一邊工作，一邊冷淡地揮了揮手，回應小朋友們：

「回家路上要小心啊。還有，不准叫我叔叔。」

無意間，曹操和他對上了眼。或許是不希望自己的這一面被看見吧，海克力士的表情一臉尷尬……

海克力士放下手邊的工作，臉上還沾著泥土，向曹操走了過來。

曹操冒出這麼一句話：

「抱歉，打擾你工作。」

「……嘿，被你看到我窩囊的一面了。繼承了英雄海克力士的魂魄的我，現在淪落成幼稚園的工友兼警衛了。」

沒錯，領民們接受了他的理由之一，正是因為可以讓他在緊要關頭當保鑣。既然有咒術在束縛他，事到臨頭他也只能被迫行動。由於最近連續發生了許多危險的事件，能夠讓擁有「力量」的罪犯當「肉盾」，這點姑且平息了領民們的不滿。

儘管如此，包括「胸部龍」的流行在內，曹操忍不住覺得惡魔的感性似乎有點偏差。但因為種族和文化的不同，再怎麼多想或許也只是白費力氣吧。

海克力士脫下粗布手套這麼問：

「你來這裡是為了國際大會——對吧？你會來到這種地方，就只有這個理由了。」

於是曹操聳了聳肩。

「一方面是為了這件事沒錯，另一方面也是想看一下你工作的狀況。」

聽他這麼說，海克力士瞬間愣了一下……但隨即搔臉苦笑。

「……嘿，看來你變了呢。」

「你也變了不少吧。之後要去指定的地點開會，你還記得吧？我們一起去吧。」

對於曹操的提議，海克力士先是答了聲「好啊」，但立刻又看向花圃。

「可以等我把那邊的工作結束掉嗎？原則上，那也是把我綁在這裡的理由。」

曹操應了聲「好」，捲起制服的袖子。

「我也來幫你的忙。我對於種東西還有點經驗。」

他從來沒想過自己會在冥界翻弄土壤……但這樣也還不壞。這麼想的曹操，輕輕笑了一下。

曹操帶著海克力士前往下一個地方——基督教、天主教的大本營，梵蒂岡。

就和進入冥界的魔王領的時候一樣，他讓負責人看了帝釋天交給他的認可證，接著走向位於梵蒂岡一角的設施。

擁有聖遺物當中的聖槍的自己，過去曾經與他們為敵，現在卻若無其事地踏進了他們的根據地。他不動聲色地如此自嘲。

兩人最後抵達的——是供隸屬於戰士養成機構的年輕戰士們生活起居的宿舍。

這裡就是他們的小隊為了下一場比賽開會的地點。他沒有多考慮什麼，只是想嘗試看看利用自己現在的立場能夠進入的地方的極限在哪裡……就某種意義而言他單純是基於好奇心才選了這種地方。

走進宿舍的餐廳，一方面也因為是晚餐時間到了吧，裡面人聲鼎沸。健壯的教會戰士們各自品嚐著餐點。

聽說教會戰士的人數因為內部改革而逐漸減少……但至少宿舍的餐廳裡還是坐滿了人。

實力堅強的戰士們立刻就察覺到曹操和海克力士的氣息，為之驚愕，看向他們這邊。不過，在發現他們毫無敵意之後，戰士們在狐疑之餘，還是一邊保持警戒，一邊繼續吃飯。

一名女子在餐廳的桌子之間來回穿梭，忙個沒完——是貞德。

穿著圍裙的貞德雙手端滿了料理，將佳餚一盤盤端上桌。

她似乎也察覺到兩人的氣息了，對他們說：

「哎呀，是你們啊。等我一下，我現在很忙。對了，你們要不要也吃點東西啊？可以算你們便宜一點喔。」

曹操和海克力士互看了一眼，覺得什麼都沒點卻在這裡占位子，看在其他人眼裡大概很奇怪，所以決定點義大利麵。

晚餐時間結束，戰士們也幾乎都離開之後，貞德休息了一下，接著便脫掉圍裙朝他們走了過來，一屁股坐在同一張桌子旁邊。

「真是的，在這裡當廚娘就已經夠忙的了，居然就連國際大會的開會地點也挑在這裡。梵蒂岡也不知道在想什麼，居然開特例容許這種事情。」

她如此咒罵。三人決定在隊員全部到齊之前，暫時先閒話家常一下。

貞德和海克力士一樣，在「魔獸騷動」之中遭到逮捕。只是，她和海克力士不一樣，從冥界被移送到梵蒂岡本部來了。她的所有罪狀在這裡遭到一一審訊，最後被罰來這間宿舍當廚娘。

梵蒂岡的人們所做出的判決，也和冥界的惡魔們一樣令人費解。

以貞德的狀況來說，對於教會而言她也是繼承了聖人靈魂的人，所以大概也不知道該如何處置吧。曹操如此推斷。

也因為這樣，她現在每天都在這裡做飯給教會的戰士們吃。

「沒想到妳會變成梵蒂岡的，而且還是戰士養成機構的見習廚師呢。」

曹操這麼挖苦貞德，貞德便在桌子上拄著臉嘆了口氣。

「我自己也是想都沒想到好嗎。教宗好像還表示『既然是繼承了聖女貞德之靈魂的人，就應該救濟眾生才是天主教徒』呢。」

對於教會難以理解的想法，曹操和海克力士只能苦笑。

貞德興致勃勃地看著曹操和海克力士說：

「不過，在我看來，你們也變了不少吧？……所以，隊長甚至跑來邀請非自由之身的我和海克力士入隊，到底想要在國際大會當中得到什麼？企圖用優勝獎品得到世界嗎？」

聽了貞德的發言，海克力士似乎也抱持同樣意見，一起盯著曹操的臉看。

「……純粹只是想要測試現在的自己罷了。」

曹操這麼說完，接著又如此表示：

「——我們自認是天才。相信自己是受到天地祝福，超越人類的『英雄』。而這樣的自恃，被紅龍（Welsh Dragon）和白龍（Vanishing Dragon）粉碎了——」

他認知到儘管擁有奇蹟般的器具和招式，如果對手是隨便都可以連續引發好幾次更上一層樓的奇蹟的對象，那也不管用。不，他是明白了，有些存在不可以隨便觸碰。

——只是因為好玩就去挑戰二天龍，肯定會玩火自焚。

包括他們這一夥人在內，二天龍之前打倒的眾多強者都可以證明這一點。

然後，從跟二天龍對戰之後依然存活下來的人身上，更能夠得知挑戰他們的正確方式。

——他們喜歡正面挑戰自己的對手，挑戰過他們的人們也都藉此大幅成長。

……想變強的願望，以及想挑戰他們的戰意，如果想要同時滿足這兩者的話，這是最近的捷徑。

最重要的是，我再也不想因為那種無法理解的奇蹟被玩弄、被打倒了。所以，我——

聽曹操那麼表示，貞德接著說：

「你想正面打倒他們嗎？」

曹操因為心思被貞德看穿而有點驚訝地看了過去，但她也只是說「你比以前好懂多了」。

曹操沒有多加理會，繼續說了下去：

「老實說，我不知道現在的我打不打得贏現在的他們。」

「哎呀，充滿自信的英雄派首領現在會說這麼認分的話了啊。」

貞德這麼說。

曹操毫不隱瞞地說出心聲：

「——不過，唯獨心有不甘的心情揮之不去。我知道，深深刻劃在我心頭的屈辱、挫敗與恐懼，這些傷痕只有在打倒他們之後才會痊癒。就只是這樣。我之所以戰鬥，就只是基於這樣的理由——我想還以顏色，對象是他們，也是自己。」

他和志同道合的夥伴們把目標放在成為英雄——但是，瓦斯科．史特拉達一語道破，那不過是模仿英雄的遊戲罷了。所以他才會輸給埋頭苦幹地奔馳在自己的道路上的赤龍帝——

……史特拉達還說，英雄要由民眾來決定。而他們甚至還沒達到被民眾認定是「英雄」的階段。

對於今後的他們而言，重新思考英雄的定義是一件必須去做的事情……不過，眼前就先追逐二天龍看看好了。這就是曹操得到的結論。

——這時，兩個新的人影出現在餐廳當中。

「隊長，我們把人帶來了。」

一邊這麼說，一邊現身的，是神器「闇夜的大盾（night reflection）」的持有者——康萊。無論是在京都戰敗之後，在英雄派瓦解之後，還是在曹操淪為帝釋天的尖兵之後，他都一直跟在曹操身邊。

另外一個人，是在英雄派遭到兵藤一誠等人擊潰之後，隻身將莉雅絲．吉蒙里拉進幻覺世界的神器「幻映影寫（dreamlike curse）」持有者——馬西里歐。

他在被兵藤一誠等人打倒之後，也被交給冥界政府，執行了和海克力士一樣的處置。同樣的，他也和海克力士一樣參加大會協助曹操。

「好，麻煩你們了，康萊、馬西里歐。」

曹操的視線，對準了康萊和馬西里歐身後的青年。

是個他很熟悉的，戴著眼鏡的青年。

「你真的在這裡啊。沒想到你會選這種地方作為集合地點。」

他是身穿長袍的青年魔法師——格奧爾克。

「「格奧爾克！」」

對於他的登場，海克力士和貞德大吃一驚，當場站了起來。

那當然了。格奧爾克在輸給赤龍帝一行人之後，神滅具「絕霧（dimension lost）」被帝釋天親手沒收，和曹操以及「魔獸創造（annihilation maker）」的李奧納多一起被打落冥府。

曹操立刻就從冥府爬上來了，但他則留在冥府，埋頭鑽研魔術。目前也還沒參加大會。

而這樣的他突然出現在梵蒂岡，不知道事情緣由的海克力士和貞德會驚訝也不意外。

曹操一臉淡定地說：

「我把他從冥府叫上來了。聽說黑帝斯最近好像經常不在冥府，所以我就乾脆叫他回來了。」

結果，格奧爾克也答應了他。

格奧爾克愉悅地扶了一下眼鏡，同時表示：

「誰教你們的比賽沒有魔法師，看起來很冷清。」

儘管格奧爾克沒有參戰，曹操隊目前還是沒有輸過任何一場。一方面也是因為他們幸運地不斷避開神級對手……但今後確實會碰上，所以才把他叫了回來。

海克力士的視線——在格奧爾克身邊掃了一陣，好像在找什麼人的樣子。

他隨口冒出這麼一句話：

「……李奧納多還是不行嗎？」

看來他是在關心和格奧爾克一起留在冥府的少年。

格奧爾克說：

「他也從冥府回來了。現在人在神子監視者（Grigori）的研究所。」

沒錯，帝釋天似乎早就已經設想好，在他們從冥府回歸之後要如此安排。或許，祂和神子監視者——和三大勢力已經暗中協商過了吧。

曹操表示：

「——『魔獸騷動』。距離那起事件還不到一年。若是製造出魔獸的少年參賽了，冥界的輿論恐怕不會輕饒吧。」

這也是最讓帝釋天最憂心的一件事。對祂而言，神滅具的持有者曹操、格奧爾克、李奧納多是他最想要的三張手牌——話雖如此，他們闖的禍還是太過嚴重了。尤其是導致嚴重災情的李奧納多，一方面也因為他還無法完全控制力量，為了顧慮其他勢力，帝釋天才將他交給神器研究最鼎盛的神子監視者。曹操覺得，帝釋天在某些意外的方面相當細心地顧慮周遭的反應。

如此這般，隨著開會的時間越來越接近，隊員們也陸續集合到現場。

隊員當中，還包括在「禍之團（Khaos Brigade）」時代中途離開，卻為了大會特地趕來參加的前英雄派幹部。

海克力士對著剛來到的——有著一頭棕色頭髮，相貌端正的男子開了口：

「喔，老珀也來啦。」

「嗨。不准叫我老珀。叫我偉大的男人珀修斯大人。」

如此說笑的，是前英雄派幹部——珀修斯。

正如名字所示，他繼承了希臘神話的英雄「珀修斯」的靈魂。他在英雄派即將襲擊京都之際覺得無法贊同曹操的想法，就此離開，不過這次答應了他參加大會的邀約。

其實，在京都之後他曾一度回去曹操身邊露面，帶了梅杜莎之眼給曹操的也是他。論貫徹自己的正義，在過去的幹部當中他是最堅持的一個；論講義氣，他也是最堅持的一個。

珀修斯看見格奧爾克，嚇了一跳。

「哇啊，這不是格奧爾克嗎。我還以為你跑去當死神（grim reaper）了耶。」

「我可不想在那種超越黑心企業，完全就是地獄的地方工作。」

聽了格奧爾克的回應，珀修斯哈哈大笑，坐到椅子上對貞德說：

「說的也是。所以，這裡就是貞德工作的地方啊。大姊，烤片披薩來吧。」

「你願意用義大利麵將就一下的話，就吃曹操他們吃剩的吧。」

貞德愛理不理地如此回答，珀修斯也毫不介意地表示「就這麼辦」，拿叉子撈起曹操和海克力士吃剩的義大利麵。

包括新加入的格奧爾克在內的所有隊員都到齊之後，他們暫時借用餐廳，正式開始進入會議。

「好，所有人都到齊了吧。現在發下去的是塞拉歐格．巴力隊的資料。」

曹操將紙本資料發給所有隊員。資料上面記載的是敵隊——塞拉歐格．巴力眷屬的情報。

塞拉歐格的眷屬和塞拉歐格的弟弟——麥格達蘭．巴力一起組隊，以塞拉歐格的眷屬為中心，麥格達蘭的眷屬當候補隊員，因應對手而隨機應變，更換隊員。

「——那麼，會議開始。」

根據這些情報，曹操等人開始了作戰會議——

他們基於各種規則的設想，以及對方選手的已知資料，兩相對照之下設定每個隊員各自的行動。

基本上，排名遊戲的規則當天才會揭曉，所以必須考量敵隊的戰力，事先摸索針對各種規則的應對方式。

「——所以如果碰上這種規則的話，預設是這樣處理。」

在曹操對隊員交代各種應對措施到了一個段落之後，或許是因為受不了冗長的會議，海克力士直接問道：

「……太拖泥帶水了吧。吶，你就老實說吧，曹操——塞拉歐格的攻擊，你有辦法全部閃過嗎？」

——！

……他這麼一問，所有隊員的視線都集中到隊長曹操身上。

下一場比賽最危險的因素，不用多說，當然就是敵隊的「國王」塞拉歐格．巴力的攻擊。

在冥界的新生代惡魔當中，他擁有的攻擊力也是不同凡響。一般認為單就攻擊力而言能夠和赤龍帝並駕齊驅，只論貼身肉搏戰的話號稱足以超越瓦利．路西法的力量化身——正面衝突的話——即使這支隊伍的成員們都繼承了英雄靈魂，也會被輕易揍飛吧。僅僅一拳就可能足以造成致命傷。

在這樣的前提之下，海克力士才問了隊上最強的一個——隊長曹操。

你有辦法全部閃過嗎？——因為，所有隊員都認為，只要被打中一拳，即使是曹操也會倒下。

——塞拉歐格．巴力的拳頭，就是如此驚人。

曹操嘆了口氣之後說：

「這個嘛，天曉得。他的戰鬥風格，和那個兵藤一誠幾乎一致。以超越常理的威力進攻。只要中了一拳就會受到致命傷吧。面對那種傢伙的時候，即使我們有九成九的機率可以取勝，他們也只消一拳就能夠瞬間改寫一切。」

即使進攻到再一步就可以獲勝的局面，只要中了一拳——自己就會受到致命傷吧。在想像過各種狀況之後，曹操得到的結論依舊是絕對不能中他任何一拳。

排名遊戲國際大會的影片記錄下他的拳頭，是那麼令人不寒而慄。即使是最上級惡魔，中了一招也得倒下。就連頂級魔法師爐火純青的防禦魔法，他的拳頭也能夠輕易打碎，將對方毆倒在地。

戰鬥內容簡單明快。拳頭打中了，對手就會倒下——正因為如此，他才是前所未見的強敵。

海克力士說：

「嘗過那個傢伙拳頭的我給你一個建議——事後無論勝負如何，都會一直痛下去。」

撂倒海克力士，將他交給冥界政府的，正是塞拉歐格。

他摸了摸自己的臉頰，瞇著眼說：

「被那個傢伙打倒之後……我就不曾忘記過那個傢伙的拳頭有多痛。」

海克力士形容塞拉歐格的拳威的方式，令所有隊員屏息——卻有一個人笑了出來。

「呵呵呵。」

是珀修斯。

「你在笑什麼？」

海克力士一臉不爽地這麼說，笑個不停的珀修斯便說：

「那句話啊，我隨便數應該都聽你說超過十次了。」

「吵死了，珀修斯！」

一面應付著生氣的海克力士，珀修斯一面又這麼說：

「不過，格奧爾克也回來了，這樣一來我們的隊伍也可以發揮真正的實力了吧。」

魔法高手——持有「絕霧」的格奧爾克歸隊是一件值得開心的事情。

忽然，貞德仰望天花板說：

「要是齊格那個笨蛋也在就好了。難得我們在他的老巢集合呢。」

聽到過去的英雄派副隊長——齊格飛的名字，所有人都沮喪了起來。

他是隊上最冷靜……也是最瘋狂的一名戰士。所以才會自取滅亡。

曹操搖了搖頭。

「……如果他還在的話，我就不會選這裡當集合地點了。他——注定死在那個地方。就讓他安心長眠吧。」

獲得格拉墨的青睞，卻因為寄宿在身上的龍屬神器而無法發揮出魔帝劍所有力量的劍士

——齊格。

以格拉墨為首，他原本持有的大量魔劍，都交給了教會在別的設施培訓的劍士。

魔帝劍為什麼選擇了齊格飛，又為什麼改選木場祐斗——

這個問題八成找不到明確的答案，不過曹操好像隱約可以理解。

……齊格在離開梵蒂岡這裡，得到解脫的那個時候，就對自己的生存之道感到滿足了。擺脫這個地方的束縛之後，他的目的幾乎都已經完成了。

——對於不再成長的主人，魔帝劍應該是無法接受吧。

……不，或許就連這個也不是正確答案吧。答案還是只有那把劍才知道。

就在現場籠罩著難以言喻的氛圍的時候。

有人敲了餐廳的門。其中一名隊員去應了門，只見出現在門外的——是一群年輕的教會戰士。

他們一看見貞德的身影，便提心吊膽地走了進來。

「貞德小姐，我們聽說妳不久之後要去比賽——咦，曹操選手！嗚、喂，聖槍的持有者在這裡耶！」

不知道是透過比賽還是事件得知的，戰士們一看見曹操的臉孔便大吃一驚，突然開始對他膜拜起來。

『主啊！聖槍啊！』

『阿門！』

就像這樣，眾人開始對曹操祈禱。即使強如曹操，對此也顯得困惑。

這裡是教會的大本營。和聖人大有關係的那把長槍的持有者出現在這裡，信仰虔誠的信徒當然會有這種反應吧。而且曹操還（代表須彌山勢力）參加國際大會，對於有在關心比賽的人而言也是個名人。

海克力士愉快地笑了。

「呵呵呵，尊貴的聖槍終於發揮原本的作用了呢。」

「隨你怎麼說。」

略顯羞赧的曹操如此回應的時候，一旁的年輕戰士們對貞德說：

「——請加油。」

「我們不太方便公開聲援，不過還是會為妳加油的。」

沒錯，他們是來為貞德打氣的。

或許是沒料到會有這回事吧，突如其來的事情讓貞德目瞪口呆。

戰士們說：

「貞德小姐的義大利麵經常味道太重，可是我最近越吃越上癮了。」

「是啊是啊。還有，壞掉的披薩窯，我們會趁貞德小姐參加大會回來以前修好，到時候再請妳做那種沒烤熟的瑪格莉特披薩給我們吃吧。」

聽年輕戰士們如此激勵，貞德轉過頭去，故意擺出冷淡的態度。

「……夠了喔，你們真是的……我是壞人耶。乖孩子應該去幫聖潔的天使加油才對。」

看著這一幕，曹操覺得這大概也是冥界和教會——天界故意採用這種壞心的懲罰方式吧。故意讓貞德面臨這種狀況，打算完全洗清她的邪念。

這點同樣適用在海克力士身上。

……然而，有一部分的自己覺得這樣或許也不錯，這讓曹操輕輕笑了一下。

前來打氣的戰士們離開之後，格奧爾克用力推了一下眼鏡，感慨萬千地說：

「——國際大會。沒想到我們之前想做的事情會以這種方式實現。」

所有勢力的人不問身分和經歷都可以參加，前所未有的大會——只要參加這次大會，無論想對付惡魔，還是天使，還是龍，甚至神都可以。

不久之前，這還是無法想像的，近乎幻想故事的狀況。

海克力士也對此苦笑。

「嘿嘿，總覺得一切都是枉然。之前我們那麼目無法紀地大鬧特鬧，現在卻能夠公然和非人者戰鬥。而且還有一大堆傳說中的魔物和魔王級，甚至是神級的選手。」

他們為了和超自然生物戰鬥，甚至不惜與各勢力為敵。

一年前的事情，是脫離常軌的行動。然而，現在卻能夠公然為之了。

會覺得枉然也是無可奈何的事情……但即使如此，他們引發的事件也不能得到原諒。

曹操說：

「現在的狀況簡單明瞭多了。畢竟，只要在這次大會贏得優勝——就表示我們是世界最強了。」

這句話讓隊員們露出大無畏的笑容。

海克力士以右拳打在左手的掌心，並且表示：

「我們要贏。當然要贏。」

貞德也一邊撥頭髮一邊說：

「是啊，正因為如此，我們才會再次集合到曹操麾下。也沒什麼了不起的，這次不行，下次再挑戰就可以了——直到獲勝為止。」

哈哈大笑的珀修斯也說：

「是啊。把梅杜莎之眼交給你們之後就完全斷絕關係的我好像也沒資格說這種話，不過……曹操，我可以信任現在的你。咱們連齊格的份一起奮戰吧。」

有同伴已經死去——然而，也有曾經離去的同伴回來。

「我也以能夠和各位並肩作戰為榮。」

「光是能夠再次相聚，對我而言已經夠了。」

使用影子的康萊和使用幻覺的馬西里歐這麼說，格奧爾克也表示贊同。

「我也一樣。能夠在曹操身邊繼續作那個夢，就已經是得償所望了。」

——維持人類的狀態，能夠變得多強？

曹操放眼望著所有隊員的臉孔。

聚集在這裡的所有人，全都是人生因為神器而變得一場糊塗的人。

為了一吐怨氣而玩起英雄遊戲的曹操他們，看在瓦斯科・史特拉達的眼中，想必是極為滑稽而幼稚吧。

……我們是弱小的人類。身心都非常脆弱。儘管如此，我們卻繼承了英雄的血脈和靈魂，更擁有上帝賜予的奇蹟般的力量。這代表了什麼嗎？有任何意義嗎？

……曹操他們現在還找不到答案……不過，就像兵藤一誠和瓦利・路西法一樣，他們也打算在這個時代當中筆直向前衝刺。

「那麼，我們明天要贏。」

聽見曹操這句話，所有人都點了頭——

看了大家的反應，曹操忽地想起一件事。

唯一一次回到故鄉的那天，在得知雙親是怎麼過世的之後。

不知為何，曹操爬上了他小時候在村裡最高的樹上眺望的那座山。他突然想爬得不得了。原本看起來那麼大的高山，實際爬起來花不了多少力氣，立刻就爬到山頂了，令他大失所望。

畢竟小孩眼中看到的風景不過就是這種程度，讓他有點沮喪。

然而，結果並未就此結束。在山頂等著他的——是一望無際的遼闊藍天。

看見那片不見邊際的蒼天時，他再次體認到，這座山上還有如此廣大又看不到盡頭的世界。

那麼，這片天空的前方到底有什麼呢——

「……蒼天的前方，究竟通往何處？我們就走到哪裡算哪裡吧。」

即使做法不同了，當時浮現在心頭的想法至今依然留在他心中。

Power.3 力量與技巧的狂熱饗宴即將開始

「紫金獅子王」隊對上「天帝的長槍」隊的比賽當天——

我兵藤一誠來到會場，也就是阿加雷斯領的空中都市——阿格雷亞斯。沒錯，那座被邪惡之樹（Qliphoth）奪走的空中都市，在我們搶回來之後完成了所有的調查，成功復活為國際大會用的舞台之一。

我們新舊神祕學研究社的成員，在和西迪眷屬會合之後，來到位於阿格雷亞斯巨蛋的ＶＩＰ觀戰室，在這裡觀看比賽。

這個都市本身就是排名遊戲的聖地，一般觀眾席已經擠滿了人，想找到空位也很困難。

在如此的盛況之中，和我們那個時候的實況轉播員——納度·加麥基先生如此大吼：

『好了，眾所期待的一戰即將開始！號稱新生代惡魔之首，「新生代四王（rookie four）」當中最強的塞拉歐格·巴力選手，和號稱神滅具最強的「黃昏聖槍（true longinus）」持有者曹操選手，這兩位選手所率領的隊伍也大受矚目，觀眾席的熱度因此從比賽開始之前就達到了最高潮！那麼，讓我們歡迎今天轉播的解說貴賓！』

攝影機照到納度先生的身旁——出現在那裡的，是外表宛如少年的神祉，濕婆！

『各位觀眾，大家好。我是身兼大會主辦人的濕婆。今後請多多關照。』

祂還帶著微笑這麼說……！你們誰不好選，為什麼偏偏會選到破壞神兼大會主辦人來當轉播的解說員啊！

納度先生也顯得有點緊張。

『沒想到傳說中的破壞神大人願意蒞臨解說，我也很緊張！』

『哈哈哈！我倒是希望大家別太拘謹。放心吧，就算有壞人盯上這個地方，發動了恐怖攻擊，我也會設法處理的。我想，即使對手是神祉，應該也沒問題吧。』

而且祂還冒出這種危險到不行的話！是沒錯啦，有濕婆在的話，這裡大概是世界上數一數二的安全地帶了吧！

納度先生也說『那、那真是太可靠了……』，似乎對這個破壞神笑話感到困惑——接著，他清了清喉嚨，把情緒調整回來，再次對著麥克風大喊：

『好的，各勢力的重要人物也都相當注意這個對戰組合！比賽再過不久就要開始了！』

話說回來，真是太令人懷念了！我們和塞拉歐格就是在阿格雷亞斯對戰，這次塞拉歐格又要在這裡和那個曹操戰鬥了！

兩隊成員已經面對彼此排成一排了。雙方都從全身散發出難以形容的霸氣。

領域當中沒有我們戰鬥的時候的那塊岩石——那座浮島。這次換成了競技用的田徑場。話雖如此，比賽開始之前應該還會轉移到專用的遊戲領域去就是了。

比賽一直遲遲沒有開始，是有理由的。

——因為曹操隊的「皇后（queen）」遲到了。

……應該說，人在這裡的我們和觀眾，關注的重點都放在那個人物的登場上。

坐在我身旁的莉雅絲說：

「……這次曹操隊的隊員登記表公開的時候，應該所有人都嚇到了吧。」

沒錯，就像她說的……畢竟，在比賽前公開的兩隊隊員表上，曹操隊那邊的登記隊員當中，出現了一個連無知的我都知道的人的名字——

在觀眾們議論紛紛的聲音當中，那個人出現了！

曹操隊的進場閘門那邊，傳出躂躂的馬蹄聲，同時一匹毛色火紅的巨馬從中現身！接著，所有人的視線都集中到騎在那匹馬背上的人身上！

『——抱歉，我來遲了。』

隨著這句台詞登場的——是身穿綠色戰袍（古代中國武將穿的戰鬥服飾）的大漢！

他蓄著一嘴過長的鬍鬚，散發出的鬥氣即使透過螢幕也能夠震懾人！

手上拿著一把長形兵刃——青龍偃月刀！

武將從紅毛巨馬背上下來之後，曹操便以左手包住右拳——以拱手的姿勢迎接他。

『不，以您而言，這是最棒的登場方式了——關聖帝君。』

曹操對大漢的稱呼「關聖帝君」，讓我們和觀眾都只能驚呼：「原來是真的！」

「關聖帝君」——生前的名字叫，關羽！是三國志的英雄！

對此，負責轉播的納度先生也略顯興奮地吶喊：

『出、出現了————！曹操隊擔任「皇后」位置的選手，超超超大咖神祉！在人類世界享有極高人氣的關聖帝君！在任何國家都有人祭拜祂！生前是三國志英雄的關羽雲長！那位關帝前來參加本次國際大會了！』

沒錯！是關羽啊關羽！就連無知的我也知道的三國志超級名人！聽說祂死後，中國本土的人民開始祭祀祂，因而神格化……

濕婆開始解說：

『關帝之所以加入他們的隊伍，是天帝——因陀羅的安排。畢竟他們是前「禍之團」的英雄派，全都是一些問題兒童。就算我這個主辦人點頭承認他們參賽，民眾還是心有不安。所以，因陀羅才套了項圈——派人來負責監視他們吧。關羽雲長無論生前還是死後都受到人類敬愛，有祂來負責監視恐怖分子的話，民眾姑且會先把不滿吞回去吧。』

濕婆的解說倒是挺有話直說的……這樣啊，帝釋天派關羽這種英傑到曹操身邊，原來還有這種意圖啊……

「關帝接獲的命令，或許還包括在緊要關頭砍掉曹操他們的頭吧。」

——木場突然冒出這麼一句話。也是，必須要有這種程度的防範措施，才能夠讓他們參加大眾都在看的大會吧……

「祂之所以這麼晚才參賽，是不是有什麼理由啊？」

我這麼說。因為我覺得大會都進行到一半了才參戰有點奇怪。

對此，和我們一起觀戰的蒼那學姊說：

「我想，是因為祂成了商業之神，業務相當繁忙吧。就我所知，每個神話體系當中掌管商業的神格都是從年頭忙到年尾。」

啊——原來如此。而且聽說全世界都有祭祀關羽的「關帝廟」呢……

眼見關羽——關帝前來參戰，敵隊之長塞拉歐格向前站出一步，詢問關帝本人！

『這表示你又要在「曹」氏的大旗之下揮舞那把大刀了嗎？』

對於塞拉歐格的問題，關帝捋鬚表示：

『沒什麼，不過是接觸到令人懷念的氣，回想起當年的情狀罷了，惡魔的大王啊。』

兩人的這番對話……在對於歷史很陌生的我看來，只像是兩個男子漢在交談罷了。

然而，眷屬們卻注視著他們的互動，不時低吟。

「沒想到，對劉備守忠盡義的關公，雖然是子孫，卻再次被分派到曹操麾下……」

西迪眷屬的「皇后」真羅學姊摸著下巴，冒出這麼一句話。

接著換我方的小貓為我分析：

「……關羽雲長曾經以俘虜的身分暫時加入曹操麾下。相傳曹操相當中意關羽，千方百計想將他收為部下，但關羽只願為劉備玄德貫徹忠義，立刻就回到主公身邊去了。」

我好像在調查曹操的事情的時候在書上看過這件事……那個時候，我主要是為了對付現代的曹操而以英雄曹操孟德為中心進行調查就是了……

下次來調查劉備那邊的歷史好了……因為繼續這樣贏下去，和他們對上的可能性也很高。

莉雅絲雙手抱胸，一臉凝重地表示：

「英傑之間或許有什麼英傑才懂的道理吧。」

正當我們觀望著塞拉歐格他們的互動時，由於兩隊的選手都已經到齊，轉播員納度先生開始說明比賽的系統。

『這場比賽設定了「觀眾票選」的規則，事先由電視機前面的觀眾和現場的各位觀眾，從為數眾多的遊戲形式當中票選出各位想看的規則！』

沒錯！這次在賽前針對現場觀眾和電視觀眾實施問卷調查，調查大家想看這兩隊以怎樣的規則進行對戰！由於這次大會是一次公開進行的熱鬧慶典，自然也會有像這樣重視娛樂性的比賽。

這主要是在熱門隊伍進行對戰的時候採取的系統，在原本的排名遊戲職業賽當中也相當受到歡迎。

不用多說，以觀眾的想法而言，當然會想要看到熱門隊伍的精采比賽，以最適合的規則進行。

當然，我們這些老面孔也都填了問卷……好了，結果會是如何呢？

觀眾、選手，還有我們的視線都集中在會場的大型螢幕上。

納度先生說：

『比賽將會以得票數最多的規則進行。好了好了，聚集到體育場這裡來的各位選擇的是哪個規則呢？真是讓人越來越期待了！』

螢幕上顯示出各種規則的名稱，接連隨機變換——最後固定了下來！

『好，問卷的結果已經顯示出來了！』

顯示在螢幕上的惡魔文字寫的是——「閃電快攻」！

納度先生顯得相當興奮，觀眾們也發出「喔喔！」的一陣歡呼！

『喔喔，這是……！決、決定了————！觀眾票選的比賽形式是——

「閃電快攻」，也就是形同快棋的短期決戰規則！』

——！

那是在排名遊戲的規則當中，限制時間最短、遊戲領域也最小的規則！也因此將會是快棋般的短期決戰。

蕾維兒說：

「……比起賣弄小聰明的戰術，電視機前面的觀眾和現場觀眾更想看到雙方隊伍在短時間內正面對決是吧。」

……我懂！我非常能夠理解觀眾的心情！我也是在一般規則和這個規則之間猶豫了很久，最後選擇了一般規則。畢竟，身為「國王」還是想看兩隊在一般的規則之下會如何行動！以個人角度出發的話我絕對會選「閃電快攻」！

會場頓時熱鬧了起來。在這樣的狀況下，選手們那邊——意外的，是曹操向前站出一步，對塞拉歐格開了口：

『塞拉歐格．巴力，我有個提議。』

攝影機對準曹操近拍。

曹操大膽地如此提議：

『事已至今，無論這場比賽會如何發展，有一樣行動是你我都必須採取的。我會在為了勝利而進擊的同時——』

曹操和塞拉歐格正面對著彼此，拉近了距離。曹操表示：

『——到轉移之後的領域中央等你。你也到那個地方去。理由你應該懂吧？』

兩隊的所有選手，都因為曹操這句話而大吃一驚。

那當然了……因為這就表示……！

塞拉歐格露出戰意十足的笑容，並且這麼問：

『你是說要和我來場「國王」之間的單挑嗎？』

『——你無話可說吧？當然，我是說連你的神滅具也一起來。』

…………！在觀戰室看著如此發展的我——我們心中都開始為之動搖！

在我們錯愕不已的時候，納度先生興奮地大吼：

『這番發言簡直挑釁到了極點！曹操選手竟然提議要和塞拉歐格·巴力選手單挑！』

在表示挑戰的意圖之後，曹操又如此補充：

『我說要和你單挑，你可能會心有疑慮吧。畢竟，我是個身負重罪的罪人……我之前的所作所為確實是罪孽深重——不過，我在此宣誓，以某個人的名字發誓所言絕無虛假，真心希望和你單挑。』

塞拉歐格又問：

『你要發誓？對誰發誓？你所侍奉的帝釋天嗎？還是被奉為英靈的祖先？』

曹操斬釘截鐵地如此表示。攝影機也從正面拍下了一切。

『——對兵藤一誠發誓。』

『——！』

曹操這句話，讓在場的人全都大吃一驚！

……我也因為曹操的發言當場站了起來！

……那個傢伙……！竟然用了我的名字宣誓……！憤怒……這種情緒怎麼可能出現在我心中！我的勁敵們，正打算以我的名字相約一戰！我心裡有的只是越跳越大力的心跳罷了！

聽見這句話，塞拉歐格身上開始冒出前所未見的濃密鬥氣。

曹操目睹了他的反應，喜不自勝地再問了一次：

『這樣還不夠嗎？』

兩人之間——散發出隔著螢幕也清晰可見的戰意、鬥氣，兩相碰撞之下，甚至引發了空間扭曲的現象。

塞拉歐格轉過身去，回到原本的位置上，同時表示：

『不，既然你都搬出那個名字了，多說什麼都是不識趣——我就在領域中央葬送你！』

看著兩人的互動，就連我們也是戰意高昂到不行……！

看見這一幕，匙也興奮到呼吸急促了起來。

「塞拉歐格老大應該不相信曹操那個傢伙吧。曹操也只是把塞拉歐格老大當成總有一天要打倒的男人之一。但是呢，可是啊，兵藤。」

莉雅絲也接著匙的話說了下去：

「這就表示，對於他們兩個人而言，一誠——以你的名字起誓而約定好的事情，就是那麼重要。」

就這樣，力量的化身塞拉歐格、技巧的結晶曹操，兩者之間以短期決戰規則進行的比賽即將開始——！

Team member.

○「紫金獅子王」隊・大會登錄隊員

國王——塞拉歐格・巴力

皇后——庫依莎・亞巴頓

城堡——西克托茲・巴巴妥司（麥格達蘭・巴力的「皇后」）

城堡——拉得拉・布涅

騎士——貝魯加・弗爾卡斯

騎士——立邦・克羅賽爾

主教——米斯帝塔・撒伯納克

主教——維衛斯・弗爾弗爾（麥格達蘭・巴力的「主教」）

士兵「5」——雷古魯斯

士兵「2」——剛多瑪・巴拉姆（原本是「城堡」）

候補・主教——可利安娜・安德雷斐斯（在對抗曹操隊的戰鬥中是後備隊員）

○「天帝的長槍」隊・大會登錄隊員

國王——曹操

皇后——關帝（神級）

城堡——海克力士

城堡——康萊（神器「闇夜的大盾」的持有者）

騎士——貞德

騎士——珀修斯

主教——格奧爾克

主教——馬西里歐

士兵×8——前英雄派成員八名

※1・「紫金獅子王」隊是以塞拉歐格・巴力選手的眷屬為中心，由他的弟弟麥格達蘭・巴力的眷屬作為準隊員從旁輔助，根據比賽狀況適時調度。

※2・「紫金獅子王」隊的「士兵」雷古魯斯選手本身就是神滅具，屬於異質的存在，以大會標準無法正確測量棋子價值，純粹是參照過去的事蹟定出的價值數。

※3．「天帝的長槍」隊以「國王」曹操選手為首，幾乎所有人登錄的都不是本名，而是選手別稱。

Power MAX VS Technic MAX　獅子王的鋼拳與英雄的聖槍

「紫金獅子王」隊對抗「天帝的長槍」隊之戰即將開始！

領域似乎是仿照冥界的一處遺跡，呈現出風化的遺跡座落在荒野中央的景象。大小正好和駒王學園的校地差不多。由於沒有建築物，幾乎沒有地方可以躲，光是稍微動一下就會碰上敵人，並展開戰鬥吧。

現在回想起來，我們和萊薩的那場排名遊戲，也幾乎就是「閃電快攻」了吧。因為戰鬥一開始就會採用速攻，而且也立刻就分出勝負了。

『這次的「閃電快攻」限制時間為一個小時，設定得非常短！』

正如納度先生所說，以排名遊戲而言，這樣的比賽時間非常短。時間比較長的，有的還會花上一整天呢。

納度先生接著又這麼說明：

『先打倒敵隊「國王」的一方獲勝。若是無法打倒「國王」，將以比賽結束時打倒的敵隊選手的棋子價值總和分勝負！』

規則相當單純。在打不倒「國王」的時候，就看比賽結束之前能夠打倒多少對手了。

若是敵隊的棋子並非滿編，擊破(take)可得的分數可能不夠，不過這個部分也有補償措施。

現在，設置在觀戰室的大量螢幕開始顯示出兩隊的動向，雙方都在轉移過去並確認過領域之後就立刻展開行動。

兩隊的「國王」塞拉歐格和曹操，也都在隊同伴們做出指示之後，開始朝說好的地點，領域中央前進。

過沒多久，轉播員納度先生便大吼：

『喔喔——！很快的，戰鬥似乎已經要在領域北部開始了！』

我看向拍攝當地狀況的螢幕——騎著蒼白的馬(pale horse)的巴力眷屬，「騎士(knight)」貝魯加．弗爾卡斯，和「天帝的長槍」隊的棕髮型男「騎士」珀修斯已經碰頭了。

曹操隊那個叫珀修斯的傢伙，在英雄派時代似乎已經不在他們隊上，我第一次看到他也是在大會的比賽上。聽說他是曾經脫隊的成員，這次是為了大會才再次一起組隊……

『吾乃塞拉歐格．巴力眷屬的「騎士」，名為貝魯加．弗爾卡斯！讓我們一決高下！』

塞拉歐格的「騎士」就像和木場對戰的時候一樣舉起長槍正面發動攻擊，真的很有他的風格！

他的對手珀修斯則是拿著圓形的盾牌和長劍，同樣充滿了騎士風範！

『本大爺是偉大的珀修斯大人！最喜歡的就是直來直往的攻擊了！』

說著，他用盾牌架開貝魯加的長槍，並且以長劍攻向馬上的人——然而蒼白的馬主動拉開距離，沒有讓他得逞。

雙方的第一次接觸就讓大家看見了精采的戰鬥，會場的觀眾也大聲喝采。

接了貝魯加一招之後，珀修斯似乎光是這樣就了解到他的實力，換上認真的表情。

『很好很好。大王家的「騎士」很不錯嘛。沒錯沒錯，就是這樣，這樣就對了，我需要的就是這樣的戰鬥！』

珀修斯——把圓形的盾牌丟向一旁！接著——氣焰開始在他空出來的左手上翻騰，逐漸凝聚成某種形體。

這在其他比賽的紀錄影片當中也出現過，是那個傢伙的神器！

出現在他手上的——是一面中央刻著某種人臉的大型盾牌！

那張人臉——是長著蛇髮的女性臉孔！也就是連我也知道的超主流派女妖——梅杜莎！

珀修斯大吼！

『睜開眼睛吧！我的神器——「蛇髮王妃的死亡勅令（aegis mineralization）」！』

在他大喊的同時，盾牌上的雕刻——梅杜莎的眼睛便逐漸睜開！在完全睜開的眼睛發出光芒的前一刻，貝魯加及時閃避，因而平安無事……那個神器能夠將毫無防備地暴露在那陣光芒之下的目標石化，相當可怕。實力比珀修斯還要弱的人中了那招的話，瞬間就會石化。

和我一起觀戰的木場表示：

「珀修斯得到的是源自原本的英雄『珀修斯』的神器，是相當罕見的例子。無論如何，毫無防備地暴露在那種光芒之下都非常不妙。」

幸好貝魯加是重視速度的眷屬。如果是速度比較慢的人，早就栽在剛才那招之下了……

不只這兩個人，戰鬥在領域的各個地方都接連展開。

領域的西邊整片被龍罩在濃霧底下。大概是前英雄派的霧氣能力者——格奧爾克的霧吧。那種霧氣能夠同時擾亂和防禦，兼具多樣化的效果。

那個傢伙從冥府回來了啊。聽說，那個傢伙和「魔獸創造」的少年還有曹操，之前都被帝釋天親手打進冥府裡去了……

那個少年不在他們隊上，是後補隊員嗎？不對，他引發了那麼嚴重的事件，大概就連參賽都不行吧。這次大概不會讓他出場才對。

——這時，帶著雷古魯斯前往中央的塞拉歐格的跟拍畫面上出現了變化。

領域中央的遺跡廣場就在不遠的前方……然而，一個體型壯碩的男人擋在塞拉歐格他們的面前。

看見那個男人現身，塞拉歐格露出喜悅的表情。

『這樣啊，第一個站到我面前來的人——是你啊。』

『嘿，好久不見了。』

站在塞拉歐格面前的——是海克力士！

我沒有直接看到，不過聽說他們兩個人在「魔獸騷動」的時候曾在首都莉莉絲交手過！

『沒、沒想到——！塞拉歐格選手第一個碰上的對手，竟然會是海克力士選手——！想不到在碰上曹操選手之前，和他有一段恩怨的海克力士選手先擋住了他的去路！』

納度先生也如此吶喊。

許多惡魔都知道，在那次騷動當中逮到海克力士的就是塞拉歐格。知道這件事的人都很清楚，這是一場恩怨對決。

海克力士摸了摸自己的臉頰。

『被你揍的那一拳，我到現在也還記得非常清楚。那早已超過痛不痛的次元了。』

海克力士脫掉上衣，露出健壯的體魄。

『在那個時候之前不曾發抖過的我，有生以來首次嘗到戰慄的滋味。』

隆起的肌肉，浮凸的血管。海克力士瞇著眼睛說：

『我很害怕很害怕很害怕……卻又很不甘心很不甘心很不甘心……這種懦弱的情緒一直

留在我心中無法排解。嘿嘿嘿，像個娘兒們一樣對吧？』

海克力士伸出拳頭，擺出架式。

『——那麼，我要來報一箭之仇了。』

說完，海克力士發揮出從那巨大的軀體無法想像的速度，對塞拉歐格發動攻勢。塞拉歐格瞬間做出反應，正面迎戰海克力士。

在海克力士的拳頭打中塞拉歐格的臉孔的瞬間——發生了大規模的爆炸！這是海克力士的神器！

然而，塞拉歐格既不膽怯，也不退縮，以充滿鬥氣的拳頭劃開爆炸的煙霧，打在海克力士的臉上！

雙方都以拳頭打臉起手！真有他們兩個的！

塞拉歐格和海克力士都噴出鼻血，但是雙方受到的衝擊似乎都還不怎麼強烈。

雖然大概還沒拿出全力，不過臉上中了塞拉歐格充滿鬥氣的拳頭還只有流鼻血而已，海克力士也真不是蓋的。

「……海克力士的防禦力明顯比上一次還要高。如果是之前的話，中了那一拳就會受到重創，站不住腳了吧。」

木場這麼說。

大概是看過當時那一戰的緣故，讓他察覺到雙方能力強弱的變化吧……看來海克力士也相當認真鍛鍊。

海克力士喀吱作響地動了動脖子，並且說：

『有件事我要事先聲明……我會找上你，並不是我們隊長的意思。是我自作主張。』

『我想也是——不過，這也在那個男人的料想之中吧？』

聽塞拉歐格這麼說，海克力士苦笑。

『……畢竟，那個傢伙也不是省油的燈嘛。』

對於海克力士自作主張的任性行動，塞拉歐格似乎不覺得是在妨礙他和曹操戰鬥，反而還爽快地接受了。

塞拉歐格對雷古魯斯說：

『——我要穿了，雷古魯斯。來者似乎是個必須穿鎧甲對付的對手。』

『是！』

戴著面具的少年變成一頭巨大的黃金獅子，並且衝向塞拉歐格！雙方交會的瞬間——充滿神聖氣息的光芒變得更加燦爛，進而綻開！

『『禁手化(balance break)——！』』

隨著吶喊聲出現在現場的，是穿上獅子鎧甲的塞拉歐格！——那個姿態，正是號稱獅子王的大王家繼任宗主。

『獅子先生──────！』

『加──油──────！』

塞拉歐格變身為獅子王之後，會場上的小朋友們的加油聲更大了。

從全身上下散發出極大鬥氣的塞拉歐格當場消失！

海克力士──似乎還能夠以肉眼跟上塞拉歐格的動作，在千鈞一髮之際躲過他的攻擊，但拳壓仍在海克力士的身上留下瘀青。

儘管在千鈞一髮之際躲過，持續受到拳壓的衝擊也會確實耗損體力。海克力士現在的狀態甚至不容後退──但那個傢伙看起來卻是欣喜若狂，臉上只有開心的表情。

『看來我終於能夠和那身鎧甲戰鬥了！上次我還沒打到這個階段就落魄地輸了呢！』

聽海克力士這麼說，塞拉歐格在持續以拳打腳踢猛攻的同時表示：

『我在那之後也一直在鍛鍊呢。可見你練得比我還要拚命。』

海克力士也以壯碩的身體靈活地和塞拉歐格周旋，閃躲他的拳頭，並未直接遭受攻擊。儘管如此，海克力士依然受到鬥氣餘波的影響，傷害不斷在他身上累積。

海克力士的攻擊也命中了塞拉歐格，在他身上引發爆炸──但他身上並沒有明顯的外傷，鎧甲上面連一條裂縫都沒有。

終於，塞拉歐格的拳頭深深刺進海克力士的腹部，讓他無法挺直身體。正當海克力士露出苦悶的表情時，塞拉歐格依然毫不留情地以膝蓋撞擊他的下巴。

下巴遭受強烈攻擊的海克力士，儘管淘汰之光並未出現在他身上，卻還是不禁當場趴倒在地——

『倒下了——！禁不起這一擊的海克力士選手倒下了——！』

轉播員也興奮不已。

濕婆說：

『好了，接下來才是關鍵。如果他是真正的英雄靈魂繼承者，應該會站起來。若是站不起來就這麼被淘汰的話，就表示他是冒牌貨。』

祂的評論相當嚴苛呢……

海克力士一直沒有要站起來的跡象……然而就在這個時候，觀眾席產生了變化。

『叔叔——！』

觀眾席的一角——有幾個大概是幼稚園小朋友的男生站了起來。

『海克力士叔叔，加油——！』

『站起來！』

小朋友們的聲援——是在為海克力士加油。

……我知道海克力士在冥界首都莉莉絲的幼稚園當警衛……他們該不會是那間幼稚園的小朋友吧？

大概是透過投影在領域上空的觀眾席影像聽到小朋友們的聲音了吧，海克力士突然抖了一下，然後開始緩緩站了起來！

一面大口喘著氣，一面完全站了起來的海克力士舉手擦掉從嘴角流出的鮮血，並且露出苦笑。

『……………就、就、就說……不准叫我叔叔了……怎麼都講不聽呢……！』

海克力士如此咒罵。

把鼻血也擦掉之後，他順了順呼吸，然後露出狂妄的笑容說：

『讓你看看我的隱藏絕招。』

說完，他把手伸進懷裡，拿出一樣東西。

他拿在手上的——是幾張集換式卡片。出現在螢幕上的是「胸部龍」的，也就是印著我的照片的卡片。

海克力士將那些卡片拿給塞拉歐格看，並且說：

『這張好像是很稀有的卡片，這張還是更稀有的卡片。是小鬼們給我的……他們好像是想給我當護身符吧。他們說，這上面有可以讓我像「胸部龍」那樣力量增強好幾倍的魔法。

真是的，小鬼們想必跟爸媽求了很久好不容易才得到這些，竟然浪費在我身上。』

害臊地口出惡言的海克力士將那些卡片收回懷裡。

那個大漢擺出架勢，身上的氣焰開始翻騰……！眼見海克力士身上散發出前所未見的震撼力，讓我倒抽了一口氣。

『那些臭小鬼在看著我——接下來我的力量可得像「胸部龍」一樣增強好幾倍才行！』

當然，卡片不可能有那種效力……但是我非常能夠理解海克力士想表達什麼。

——幫自己加油的小朋友們給的那種東西，會讓力量從身體深處冒出來也是理所當然。

強大的波動在海克力士的雙手前端逐漸增強。

看見這幅光景，塞拉歐格笑了。

『原來如此，看來那個魔法能夠讓你使出你的招式當中最強的攻擊呢。』

看見塞拉歐格並沒有瞧不起他的發言，而是正面接受一切，海克力士……爆發出心中的憤慨。

『……而且，我呢……！真的很火大……！居然有人敢說你是冒牌貨，說你是虛假的戰士……！』

海克力士仰天長嘯：

『我真想叫膽敢說出那種話的人，全都給我過來吃這個傢伙一拳！這種笨得像狗一樣只懂得從正面出拳的蠢貨，怎麼可能聰明到知道要用強化道具啊！』

如此喊完，海克力士便以超越剛才的速度逼近塞拉歐格，正面打出力量經過提升的拳頭。

塞拉歐格試圖以手將攻擊彈開——卻響起強烈的爆炸聲！塞拉歐格的左手流血了！海克力士的爆炸貫穿了塞拉歐格的鎧甲，傷害到他的肉身了！

接著海克力士連續出拳，打到塞拉歐格的鎧甲出現裂痕了！剛才明明還完全無法破壞！

海克力士表示：

『我重新檢討過我的禁手（balance breaker）了！那種一堆飛彈又華而不實的攻擊，我不用了！單純將爆炸力集中在一個地方提升到最高點，再打出去就對了！』

終於，他的拳頭打在塞拉歐格的右肩的同時，爆炸也破壞了那個部分的鎧甲！

『如此一來，單一招式就可以變得如此銳利！』

海克力士那個傢伙重新審視過禁手，現在能夠「將威力集中在一點」了是吧！

儘管鎧甲被破壞了一部分，肉身也噴出鮮血，塞拉歐格依然不以為意地以拳打腳踢對海克力士出招、出招，不斷出招！

終於，海克力士身上累積的傷害與疲勞累積到讓他站也站不穩，開始上氣不接下氣。

『……果然很痛啊，你的拳頭……』

海克力士整張臉腫得不成原形，卻笑得很開心的樣子。

看來，能夠和塞拉歐格正面互毆，真的讓他感到很高興。

最後，海克力士最後的一擊也被架開，接著塞拉歐格充滿鬥氣的拳頭便深深刺進他的臉部。

響亮的打擊聲響徹周遭，讓所有人都知道這就是決定性的一擊——

塞拉歐格對逐漸倒下的海克力士說：

『我要感謝你。繼承了英雄海克力士靈魂之人啊，能夠和你戰鬥是我的榮幸。』

趴倒在地上的海克力士驕傲地說：

『……哼，你對我這種人道什麼謝啊……』

說完，海克力士化為淘汰之光，逐漸消失——

『「天帝的長槍」隊的「城堡（rook）」一名，淘汰——』

然而，比賽依然繼續著。

或許因為是短期決戰吧，淘汰的報告接連傳出。

『「紫金獅子王」隊的「主教（bishop）」一名，淘汰。』

『「天帝的長槍」隊的「士兵（pawn）」兩名，淘汰。』

『「紫金獅子王」隊的「騎士」一名，淘汰。』

『「天帝的長槍」隊的「士兵」三名，淘汰。』

在不算寬廣的領域當中，戰鬥在各地越演越烈，確實削減著雙方的戰力。

『唔！這能夠吸收霧氣嗎！我還加入了新的術式耶！』

格奧爾克釋出霧氣，打算張設結界，但是塞拉歐格的「皇后」庫依莎以亞巴頓家的特性「洞穴」吸收了霧氣。

——「洞穴（hole）」吸收了霧氣。

『這種程度我還辦得到。因為我是巴力家的「皇后」。』

——就在這個時候！

『有意思！』

騎著紅色巨馬的關帝駕到，大揮青龍偃月刀，試圖砍倒庫依莎——但首當其衝的庫依莎自己跳進「洞穴」裡，迅速躲過攻擊。和「洞穴」一起出現在別的地方的庫依莎在半空中製造出更多「洞穴」，面對格奧爾克與關帝也絲毫沒有要退讓的跡象。比起和我們戰鬥的時候，庫依莎顯然強上許多。

話雖如此，要同時對付格奧爾克和關帝，這個負擔再怎麼說也太過沉重了。雖然說這個規則以某方面而言，只要撐過短暫的限制時間不要遭到淘汰就可以了……

——這時，「紫金獅子王」隊的其他成員也趕來為庫依莎助陣，戰況漸入佳境。

在這樣的狀況當中，那兩個人終於在中央廣場見面了——

先一步抵達的曹操拿著聖槍敲打肩膀，帶著無所畏懼的笑容迎接身穿鎧甲的塞拉歐格。

『我們依照約定，成功在中央相會了呢。雖然我很想和完美狀態的獅子王一戰……但也想讓那個傢伙如願以償。』

聽曹操這麼說，塞拉歐格搖了搖頭。

『不，沒關係。我反而要感謝你——和那個男人交戰之後，現在的我才是完美狀態。』

正如塞拉歐格所說，儘管受了傷，但他身上的鬥氣已經洶湧到不能再洶湧了。

看見那身鬥氣，曹操露出開心的表情。

『……是啊，看得出來。兵藤一誠和你是同類——因為這樣對你們而言才是最佳狀態。』

靈巧地耍了幾下長槍的同時，曹操表示：

『我想了幾十套不需要和你直接戰鬥的戰術。也推導出幾百種勝利的方程式——但是，我將那些全部捨棄了。你知道為什麼嗎？』

曹操以槍尖指著塞拉歐格。

『因為，無論我想了再多取勝的方法，比起和獅子王單挑對打這個選項，全都變得比狗屎還要沒有價值。』

在說話的同時——比試已經悄然開始了。曹操拉近距離，施展出不下數十次的高速刺擊。塞拉歐格只靠上半身的搖晃躲過那些刺擊，並且試圖鑽進長槍的攻擊範圍之內，但曹操立刻往後一跳，拉開距離。

塞拉歐格似乎認定曹操已經掌握住間距了。他笑著說：

『呵呵呵，你這個男人會想很多有趣的事情呢。』

『曾經和兵藤一誠（那個男人）對打過的戰士（男子漢），怎麼可能不期望這個狀況呢？』

『呵，看來我們兩個都被那個不知道該說像個傻瓜，還是該說像個笑話的男人，打到腦袋有問題了呢。』

曹操和塞拉歐格這麼說。

他們兩個因為只有他們兩個才懂的對話而笑得開懷，同時對彼此施展攻擊或閃躲之，持續進行著這樣的動作。

……他們提到我的名字是讓我很開心，但看著比賽的我倒是看得提心吊膽的！

對於雙方而言，對手的攻擊都足以致命。聖槍的神聖之力，即使是穿著獅子王鎧甲的塞拉歐格也能夠輕易貫穿，嚴重灼燒惡魔的身體。

相對的，曹操的肉體只是人類，中了塞拉歐格強力無比的攻擊肯定會成為致命傷。

只要任何一邊的攻擊命中了就可以分出勝負——即使這麼說也不為過。

在場的所有人都很清楚這一點，負責轉播的納度先生和濕婆也都專注在哪邊的攻擊會先命中這一點上面。

曹操將長槍的神聖氣焰提升到極為濃密，在施展出刺擊、直劈、橫砍的同時也發出波動，每次塞拉歐格閃躲，波動便朝著遺跡飛去，到處留下深刻的痕跡。

塞拉歐格為了避免受到神聖氣焰餘波的影響，保持一定的距離閃躲攻擊，尚未直接遭受攻擊。

同時曹操似乎也完全掌握了塞拉歐格的間距——甚至連拳壓可及的範圍都瞭若指掌，他也一樣保持一定的間距閃躲著攻擊。曹操就像剛才的海克力士一樣閃避，就連拳壓，甚至鬥氣的餘波都沒有影響到他。

曹操那個傢伙，明明都已經變成獨眼了，還可以那麼精確得掌握距離感啊……

兩人持續展開無傷害、無防禦的來回攻擊——

對此，莉雅絲出聲低吟：

「……真是神技啊，明明雙方應該都只有透過影片看過對手的攻擊，卻能夠一進入實戰便順利閃躲彼此的攻擊，就連一招都沒有中……」

未曾將視線從螢幕上移開一吋的蒼那學姊也表示：

「塞拉歐格大概是憑藉努力和經歷過無數實戰的經驗在應對吧。曹操……則完全是天分。如此一來，勝負就看哪一邊能夠先看穿對手的動向了，但是——」

在眾所矚目之下，曹操以舞蹈般的動作在轉身的同時施展槍擊——此時環狀光圈也出現在他的背後。

……那個傢伙的禁手化還是如此自然又輕盈啊……！

曹操沒有華麗的變身動作，只是在發動攻勢的一個動作當中就可以順便禁手化，如此卓越的動作令我們嘖嘖稱奇。

化為禁手的瞬間，曹操的壓力驟然暴增，槍擊的速度和神聖氣焰的濃度也獲得飛躍性的提升。

同時神聖氣焰所及的範圍也超乎塞拉歐格所設想，原本以為已經躲過的攻擊卻大幅削開了獅子王的鎧甲。

鎧甲底下的皮膚頓時開始冒煙。塞拉歐格儘管面不改色，但肯定正承受著難以忍耐的劇痛。只要是惡魔，聖槍的神聖波動便足以致命。光是受到這種程度的影響都會耗損體力。

曹操並沒有變出之前那種禁手的球體……

『這次我就不用七寶了。我打算將原本用在七寶上的力量全部挪到長槍的神聖氣焰上。根據我的判斷，對付你和兵藤一誠這種類型的人，與其以特殊的手段化解攻勢，不如單純以招式攻到你們無路可退還比較好。』

聖槍的氣焰——膨脹到極為龐大。翻騰不已的神聖氣焰，即使透過螢幕也令我感到毛骨悚然。人在現場的塞拉歐格，大概光是待在那裡就會感覺到神聖氣焰穿透鎧甲，一點一點灼燒著自己的肌膚吧。

不使用球體，將力量全部灌注在威力上面，就可以發出那麼可怕的波動啊。要是正面遭受那種氣焰攻擊，惡魔會遭到淘汰自然不在話下，即使是其他種族大概也無法承受吧。

塞拉歐格深深吸了一口氣，然後吶喊：

『雷古魯斯！我要解放了！』

『是！』

瞬間——塞拉歐格全身上下散發出帶著金黃色的紫色鬥氣！

塞拉歐格與胸口的獅子開始詠唱那段咒文。

『——即使此身此魂墮入千尋深淵幾千回！』

『吾與吾王也要奔上王道幾萬回，直至此身此魂消磨殆盡！』

獅子王的鎧甲，逐漸變化為雄偉而具攻擊性的外型！

『低吼吧！誇傲吧！屠殺吧！然後閃耀吧！』

『即使此為魔獸之身！』

『寄宿於吾之拳上吧，光輝之王威啊！』

周邊的遺跡被經過提升的鬥氣餘波大範圍炸開，塞拉歐格腳邊的地面也一層，又一層被挖開，逐漸化為隕石坑！

大地裂開，空氣震盪，螢幕的影像出現嚴重破格，足以撼動整個領域的衝擊即將展開！

然後，塞拉歐格與雷古魯斯詠唱出最後一節！

『『霸獸（breakdown the beast），解放（climb over）──────！』』

極大的鬥氣綻開之後，出現在原地的，是身穿紫金鎧甲，散發著非比尋常的鬥氣的塞拉歐格。

這就是傳說中的「霸獸」！我之前只聽說過傳聞，所以第一次看到的現在，在感到榮幸之餘也覺得害怕！

塞拉歐格每前進一步地面就跟著裂開，螢幕也不時出現雜訊。這招對領域造成嚴重損傷倒是千真萬確。

只是，塞拉歐格他──嘴角開始流血了。

看來這招對身體的負擔非常大也是真的！因為在開始戰鬥以前就已經造成影響了！

『我要上了。』

塞拉歐格無聲無息地從原地消失。光是第一動就將他原本踏著的地面挖開一個大洞──

儘管如此，曹操似乎還是能夠靠肉眼和感應氣息的方式跟上塞拉歐格的動作，瞬間對從背後現身的塞拉歐格的拳頭做出反應，加以閃躲！——然而，他似乎稍微錯估了距離感，噴出一堆鼻血！看來鬥氣的餘波對他造成不少傷害！

被曹操躲過的塞拉歐格那強烈的攻擊的餘波，在地面上削出一道又深又大的裂痕，一路裂到遙遠的彼方去了！中了那種攻擊即使是我也會倒下吧！光是拳頭就有足以完全破壞領域的威力！

看見這一幕，德萊格表示：

『啊啊，一記拳頭，就具備著和搭檔的鮮紅色砲擊同等，或是在那之上的威力呢。』

果然是這樣對吧！這就表示我光憑著鮮紅鎧甲，無論怎麼掙扎都已經無法對付塞拉歐格的「霸獸」了！

要是在大會當中碰上的話，只有龍神化能夠應付這招了啊……

塞拉歐格就那麼憑著神速繼續施展拳打腳踢。透過螢幕可以看到，每當他發出攻擊，就像是整個領域在慘叫似的，空間隨之扭曲，地面也為之震盪。

他的攻擊就是如此強烈。明明是如此強烈的攻擊，然而——

『打不中！完全打不中！塞拉歐格選手那激烈過頭的攻擊，連擦傷曹操選手都辦不到！曹操選手就連鬥氣的餘波都完美躲過了！』

正如納度先生的轉播所說，塞拉歐格的攻擊並未對曹操造成致命傷！

那個傢伙……！這是真的假的啊！現在的塞拉歐格的速度，甚至超越了木場。我也必須龍神化才有辦法跟上吧！

儘管如此，曹操卻完全沒有中招，玩弄著塞拉歐格！

蕾維兒說：

「……打中了就是塞拉歐格大人獲勝。塞拉歐格大人的攻擊就是如此強烈，而且如果在那裡戰鬥的是一誠先生的話，戰況將會是不斷攻擊彼此的連擊戰吧。但是，那位聖槍的持有者……卻只是那麼理所當然地全部閃躲過去。」

原本一直默默觀戰的本隊「皇后」位維娜喃喃自語：

「力量、防禦、速度，無論哪一項都是塞拉歐格．巴力占上風。然而，曹操只靠看穿攻擊的功力便凌駕了那些——天賦的才能。他現在只憑天分在和塞拉歐格．巴力戰鬥。」

——才能。天才，是吧。

儘管擁有最強的神滅具，曹操還是人類。就算體能比凡人還要強，身體的構造還是人類。

……然而，塞拉歐格的「霸獸」卻打不到他嗎……！

每次出拳，塞拉歐格的表情的痛苦之色便越來越濃。看來「霸獸」型態就是如此難熬。

接著，戰況產生了變化。

曹操在閃躲的同時開始夾雜著長槍的刺擊和橫掃了。一開始只有在退後的同時出一招，漸漸變成兩招、三招的連擊，最後更順著塞拉歐格的拳擊使出凶惡的反擊，聖槍將塞拉歐格的左肩連同鎧甲一起挖了開來！

『唔！』

這讓塞拉歐格也忍不住痛苦地叫出聲來。

鎧甲爆開，肉身也從肩膀冒出鮮血，更因為遭受了聖屬性攻擊而濃煙大作。

塞拉歐格的臉上冷汗直冒。

曹操不以為意地繼續以長槍施展刺擊！這次輪到塞拉歐格閃躲了。曹操開始跟上塞拉歐格的動作，先一步判斷出他要閃躲的方向，以長槍的連擊攔截！

塞拉歐格的鎧甲一處接著一處爆開，紫金獅子王的鎧甲一點一點遭到破壞。

同時肉身上的傷口也逐漸增加，神聖氣焰造成的傷害也不斷累積，塞拉歐格從嘴裡吐出一大口血。

這大概是「霸獸」的影響，以及神聖氣焰所造成的雙重打擊吧。

看見這一幕的匙……表情因為不甘心而扭曲。

「……這種事情……這種事情怎麼可以發生……！費盡千辛萬苦才努力累積出實力的人，攻擊卻完全無法命中，反而遭到對方的攻勢單方面凌遲，這樣對嗎！」

……我的心情也一樣啊，匙。

塞拉歐格一路走來有多麼努力，我也知道得很清楚。不，即使在我不知道的地方，塞拉歐格也一直在磨練自己。

儘管如此……儘管如此！

——卻還是打不到天才嗎？

塞拉歐格的鎧甲被不斷削切，即使以氣焰再次形成也立刻遭到破壞。全身上下也到處竄出聖屬性攻擊所造成的煙霧，身體每個地方都流著血。上氣不接下氣的他，呼吸越來越急促了。

拳頭也已經不再銳利，曹操完全可以輕鬆閃躲。

儘管如此，他還是以全身上下散發出的鬥氣避免曹操來到極近距離，但這也是時間早晚的問題了吧。

只要那身鬥氣減弱，曹操就會前來以長槍一刺，結束這場戰鬥。

但是，塞拉歐格未曾屈膝倒地，果敢地迎向敵人，攻擊絲毫沒有趨緩。

正當我開始冒出不祥的預感，心想塞拉歐格說不定會就這樣輸掉的時候——

一個稍縱即逝的場面——塞拉歐格的攻擊差點命中了。

我原本以為是自己看錯，但過了幾十秒之後又發生了同樣的狀況，出現差點打到曹操的攻擊。

這次大家也察覺到了。我們專注地觀察到地發生了什麼事，結果——

曹操的臉上掛滿了斗大的汗珠。

呼吸也變得急促，明顯呈現出疲勞之色！

依然正面迎向他的塞拉歐格全力衝刺，拉近距離，打出拳頭！

曹操躲過了攻擊——但差點失去平衡，眼看著就要被踢腿的追擊命中。然而曹操甚至設法躲過追擊……只是也已經氣喘如牛了。

「他開始追上曹操的速度了！」

潔諾薇亞也興奮地站了起來指著螢幕這麼說。

緊盯著螢幕的莉雅絲也表示：

「看來在耐力……體力方面是塞拉歐格高過曹操呢。」

耐力——體力……

這一刻，不久之前的風景在我腦中復甦。

——練耐力……唯有這件事只能靠每天的積累。這也是最值得信賴的訓練項目了。

……耿直地每天練跑、練跑、再練跑……即使前一天才被那樣批判也要練跑，如此鍛鍊出來的體力……

——無論輸了多少次，倒下多少次，我也只會鍛鍊自己的身體。

——心想下一次一定要贏，心想要向前邁進。

——我覺得，拳頭可以打到任何地方。我抱持著這個想法，一路鍛鍊至今。

我站了起來，毫不忍耐地任憑滿溢而出的情緒從眼中流出，並且放聲大叫：

「上啊……上啊，塞拉歐格……！」

匙也站了起來，熱淚盈眶地吶喊：

「上啊————！老大！上啊————！」

塞拉歐格的拳頭和曹操之間的距離，慢慢地、慢慢地越拉越近。

氣喘吁吁的曹操刺出槍尖加以牽制，但塞拉歐格甚至已經有餘力能夠以橫向的拳頭將其彈開了。

然而，儘管如此，曹操可是天才。他旋轉身體，以長槍刺進塞拉歐格的側腹。塞拉歐格露出苦悶的表情，腹部噴出鮮血，更冒出大量的煙霧。

——但是，曹操的腳瞬間晃了一下。看來是踏步的時候多用了超乎預期的體力，因而失去平衡了吧。曹操立刻站穩腳步，但是塞拉歐格可不會錯過這個機會。他立刻再次以橫向的手背拳往曹操的臉部打了過去。

曹操拔出長槍，照樣只靠看穿的功力閃躲這記攻擊——可以說是以毫釐之距躲開了吧。不過，這毫釐之距——卻是失敗。這樣的閃躲方式並沒有辦法抵擋鬥氣的餘波！

理所當然的，鬥氣的餘波命中了曹操，讓他從鼻子猛然噴出鮮血。同時腳步也站不穩了。看來是輕微的腦震盪！

而塞拉歐格等的就是這個瞬間。

只要一拳。只消一擊。

只要這一拳打中了——

全身上下噴出鮮血的塞拉歐格，朝腳步踉蹌的曹操的腹部打出帶著鬥氣的拳頭——

看見這一擊的瞬間，我的淚水奪眶而出。

曹操朝後方飛得老遠，在地上滾了一圈又一圈……最後倒臥在遙遠的另一端。

瞬間的寂靜。觀眾因為這意想不到的一拳，全都不發一語地站了起來。

然後——

『倒下了——————！曹操選手倒下了——————！』

納度先生如此吶喊！

『喔喔喔喔喔喔喔喔喔喔喔喔喔喔喔喔喔喔喔喔喔喔喔喔喔喔喔喔喔喔喔喔喔喔！』

觀眾席也傳出今天最熱鬧的歡呼聲！

打中了——

打中了中了打中了……！

匙在我附近的座位上落下男兒淚。他用手摀著眼睛，只顧著為了剛才的一擊流下感慨萬千的淚水。

儘管是戰力有所耗損的狀態，以那麼強烈的拳頭打中對手一定可以——

可是，維娜冷靜地喃喃道：

「——還沒，戰鬥尚未結束。」

這句話讓所有人都盯著螢幕看。

『……呵呵呵。』

倒在地上的曹操發出笑聲。

他緩緩站了起來，伸手擦去口中噴出的鮮血。

他整個人不住顫抖，雙腳也挺不直。看來他受到的傷害相當嚴重，但沒想到他中了那一拳竟然還站得起來！

維娜對心生疑惑的我們說：

「……擊中的瞬間，他以長槍為盾，避免直接受擊。」

——！真的假的……！就跟我在京都使用「龍剛城堡(welsh dragonic rook)」的時候一樣，他用長槍擋住了攻擊嗎……！

曹操「呸」地一聲吐出嘴裡的血，開始娓娓道來：

『……什麼傳說中的武器、什麼神滅具、什麼聖槍、什麼聖遺物……和剛才那拳比起來都顯得微不足道。』

他抬頭看著天空說：

『……正在收看這場比賽的所有階級的各位惡魔，以及古老的惡魔啊……你們仔細看好了。將你們所畏懼的神聖長槍逼到無路可退的……是一千年、一萬年來不斷遭到你們否定的，以磨練肉體所成就的體術……世上存在著只會在辦公桌上推演理論無法達到的領域(力量)，你們就好好將這件事烙印在眼底，見證我的聖槍和大王家繼任宗主的這一戰吧……！』

…………………

……不只是我，莉雅絲和蒼那學姊似乎也都因為曹操突如其來的發言而感到驚訝。

塞拉歐格也同樣感到費解，於是問道：

『……你為什麼要說那種話？』

曹操直截了當地回答了：

『……能夠將我逼到走投無路的你和赤龍帝，被惡魔們因為疑心病和多餘的自尊而瞧不起，我也感到不太舒坦。因為對於我而言，你和赤龍帝都已經是非常夠格的勁敵了。』

——！

……那個傢伙，也不明白他到底知不知道塞拉歐格的狀況……

不對，我覺得他就是知道，所以才故意利用這個場合說出那種話。真沒想到曹操竟然會幫塞拉歐格說話……

正當我這麼想的時候，轉播席那邊也產生了變化。

螢幕當中投影出攝影機進入轉播席的畫面，出現在裡面的——是一個我曾經在冥界的電視上看見過的人。

那是一位長得和塞拉歐格有些神似的青年惡魔——也就是他的弟弟麥格達蘭．巴力。

麥格達蘭拿起轉播席的麥克風，開始對觀眾席的大家發表談話：

『繼任宗主塞拉歐格……他只靠體術戰鬥。因為，他並不具備對巴力家而言最為重要的毀滅之力……和歷代宗主相比，家兄的政治手腕不算高明。在領內發生問題的時候，他不是在辦公桌旁處理，而是特地前往當地在第一線指揮，處理方式並不聰明。』

會場上的大家傾聽著麥格達蘭談論自己的哥哥。

『身為繼任宗主的他甚至會親自穿上布偶裝到其他領地去推銷巴力領的特產，這種不像貴族該做的事情他也會率先去做。不僅如此，只要是領民的請願，即使是孩童的請託，他也會真摯地傾聽，加以實現，完全不會挑工作。』

麥格達蘭──他一邊透過螢幕看著自己的哥哥戰鬥，一邊流淚傾訴：

『儘管如此，我還是打算跟隨家兄，沒有一絲懷疑──塞拉歐格．巴力才是大王家的繼任宗主，新一代的巴力大王……！』

對於麥格達蘭的這番話，會場的某個角落響起鼓掌聲，並且漸漸變得越來越大聲，甚至籠罩住整個會場。

……批評的聲音固然存在。

可是，認同他的人也不會輸給這樣的聲音。無論敵我，每個人都公開表示塞拉歐格是貨真價實的強者。

對此，解說嘉賓濕婆也笑著說：

『剛才的突襲演講相當不錯呢。這樣啊，看來惡魔的大王對於毀滅之力，光耀門楣之類的事情相當講究呢。不過，我對惡魔的歷史和傳統不是很清楚，但我知道英雄的定義很簡單──民心所望，留名於民心之人。』

然後，他接著又這麼說：

『而且體術也是非常了不起的破壞之源。尤其是能將拳頭的破壞力鍛鍊到如此爐火純青的人相當罕見。掌管破壞的我都這麼說了，肯定不會錯。如果有人見識到這種體術還有所懷疑，那就純粹只是在嫉妒了吧。』

他的意見簡直就像是在完全否定冥界對塞拉歐格的批評似的。

……對於破壞神而言，以破壞之力的角度來看，或許毀滅之力和體術都是一樣的吧。畢竟到頭來，兩者都是「毀壞事物的力量」嘛——

麥格達蘭和濕婆剛才那番傳遍會場的談話，不知道有沒有傳進領域當中。

不過，塞拉歐格和曹操的激戰重新開始，再次展開了拳頭對長槍的無防禦戰法！

打出拳頭，閃躲著長槍的塞拉歐格說：

『……真是個奇怪的男人——不過，我並不討厭！』

刺出長槍、閃躲著踢腿的曹操也回應。

『彼此彼此，你也是個值得打倒的對手！』

『『會贏的是我！』』

接下來與其說是體力之爭，更像是雙方的執著與執著的激烈碰撞。或許是因為彼此都已經用盡所有力量了吧，光是動一下就會消耗耐力，持續著攻擊打不到對方的戰鬥。儘管如此，他們兩個還是在這樣的決鬥當中面露笑容。

被打中就會輸，打中就會贏，這樣的戰鬥可沒有那麼容易遇到。

兩人全心享受著這場只能在這裡品味到的戰鬥。

在這樣的戰鬥當中，塞拉歐格身上的鎧甲遭到完全破壞——

『「紫金獅子王」隊的「士兵」一名，淘汰！』

終於連雷古魯斯也遭到淘汰了！「霸獸」造成的耗損，聖槍所造成的傷害不斷累積，讓雷古魯斯先撐不住了。

即使獅子沒了，塞拉歐格還是憑著肉身攻向曹操！

曹操也已經失去足以維持禁手的體力，以普通的狀態進行戰鬥。

呼吸急促、汗水直冒、血流如注，在這樣的狀況下，雙方還是純粹到令人咋舌地以無防禦的方式不斷攻擊——

最後，限制時間已經耗盡——

『——時間到！比賽結束！獲勝的是——』

既然已經超過了限制時間，那就是擊破的棋子數值總和較高的的隊伍勝利！在雙方「國王」都還在場上的狀態下，看的是哪邊的擊破數值比較高——

裁判的聲音響起：

『——「天帝的長槍」曹操隊獲得勝利！』

──！

我看了一下分數，「紫金獅子王」隊是19，「天帝的長槍」隊是25，的確是曹操隊比較多。

……比賽屏除塞拉歐格和曹操之外的部分，分出勝負來了是吧……畢竟還有關帝在嘛。雖然不太甘心，不過排名遊戲就是這樣。

……塞拉歐格隊輸了啊。

或許是因為比賽已成定局之後疲勞便一口氣湧現吧，塞拉歐格大口喘著氣。

『……我輸了啊。』

曹操走向說出這句話的塞拉歐格。

『……不，要是繼續打下去的話……但這麼說也只是畫蛇添足吧。』

『是啊，結果就是一切。沒關係，這不成問題──只要能夠在同樣的舞台上再戰一次便可分曉，對吧？』

腳步虛浮的曹操差點站不穩，被塞拉歐格一把摟住，用肩膀撐住他。

兩人一起走向轉移魔法陣。

曹操說：

『……下次戰鬥的時候不知道會採用什麼規則呢。』

『呵，說不定下次用比較複雜的規則戰鬥，也可以打得出乎意料地盡興喔。』

『是啊。不過和你還有兵藤一誠正面對打真的會折壽。』

『沒辦法啊。我和那個傢伙都只有這一套。』

『真是太有意思了。』

「國王」之間的精采戰鬥——我覺得透過這次的戰鬥，他們兩個之間似乎建立起某種奇妙的連繫。

正當觀戰室裡面的我們也都站起來向兩隊鼓掌致意的時候，不知不覺間，匙已經站到我身邊來了。

「看到了一場好比賽呢。這樣一來，我就可以放心和兵藤一戰了。」

「……是啊，咱們也要來一次像這場比賽一樣的精采戰鬥。」

在熱鬧無比的會場一角，我和匙悄悄對彼此表達了決心——

這場比賽結束之後不久，我們兵藤一誠隊——就要和蒼那．西迪眷屬的隊伍戰鬥了。

正因為是同期，我才想變得比那個傢伙更強。

正因為是同期，我才想一直比那個傢伙還強——

「燚誠之赤龍帝」隊VS「蒼那・西迪」隊篇

——比當時還要強大，比現在還要遙遠——

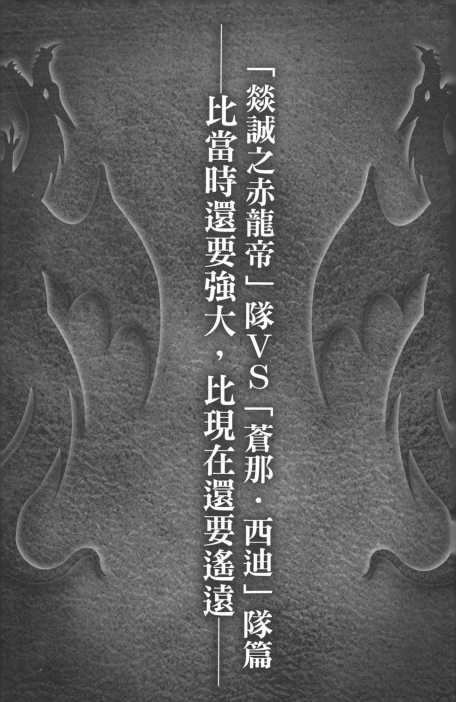

Line.1 許多方面都和去年不一樣

在塞拉歐格隊和曹操隊的那場比賽之後過了幾天——

我和莉雅絲，朱乃學姊和蕾維兒，四個人在兵藤家樓上的ＶＩＰ室接應客人。

這位客人將她帶來的一盒藍光光碟放在桌子上。

「這就是我上次告訴過莉雅絲小姐的東西。話雖如此，我相信各位也已經看過節目了吧。」

說完便用力推了一下眼鏡的客人——是絲格維拉．阿加雷斯。

沒錯，客人就是絲格維拉（阿加雷斯的「皇后」亞歷維恩也跟來了）。

她表示想和我（還有經紀人兼眷屬的蕾維兒）、莉雅絲還有朱乃學姊一起看那片藍光光碟，討論一下。

由於和西迪眷屬的比賽在即，蕾維兒表示既然這件事和西迪眷屬有關，便一起參加了這次交流。

……我也聽莉雅絲提過這件事，知道一些狀況，所以有些事情想正式向莉雅絲和絲格維拉問清楚。

亞歷維恩從絲格維拉手上接過藍光光碟，放進設置在ＶＩＰ室的播放器裡面。接著，藍光光碟的內容便出現在電視上。

『魔法～～☆小利維～～！要開始嘍～～！』

熟悉的造型和熟悉的聲音——沒錯，電視上開始播放的，是由賽拉芙露·利維坦陛下主演，在冥界播映的特攝節目，「魔法☆小利維」。

絲格維拉帶來的，是那個節目的最新版。

『好了，墮天使的將軍先生！我不允許你繼續胡作非為了！』

一如往常的魔法☆小利維在電視上大戰敵人，好不熱鬧。這個特攝節目最為人津津樂道的，就是由魔王利維坦陛下本尊演出……

但是，中心人物利維坦陛下，已經為了打倒６６６（trihexa）前往隔離結界領域之中，會離開很久。沒錯，陛下應該不在我們這裡才對。也就是說，她不可能演出特攝節目裡面的角色。當然，我們也沒有接獲利維坦陛下已經回來的報告。

然而，「魔法☆小利維」並沒有停播，依然繼續製作著最新的故事情節！

最近聽莉雅絲告訴我這件事的時候我也很驚訝，而實際看了這個節目在冥界正式播出之後，我真的嚇了一跳！

……其實這是有理由的——背後有未公開的祕密。而我也已經知道了那個祕密……

絲格維拉將手放在下巴，詢問莉雅絲：

「——感覺就像這樣，在妳看來有什麼感想？對於從小和妳一起長大的蒼那小姐扮演小利維這件事。」

事情就是這樣！正如絲格維拉所說，這個魔法☆小利維，是蒼那學姊在扮演！換句話說，蒼那學姊打扮成她的姊姊，延續著這個節目！

第一次聽莉雅絲告訴我這件事的時候，我也只能驚訝不已，收看正式播出的時候我也問了莉雅絲好幾次「這真的是蒼那學姊嗎？」。

……當然，化妝也是一個因素，不過大概因為是姊妹吧，這個第二代魔法☆小利維讓人完全不覺得有任何異狀。

當然，第二代是蒼那學姊這件事並沒有正式公布，但魔王利維坦陛下不在冥界是惡魔大眾都知道的事情。這該不會是蒼那學姊扮演的吧？——這樣的傳聞也早就傳開來了。

由於冥界現在是這個狀況，絲格維拉才表示想和同是反恐小組「D×D」的我們一起針對這件事交換一下意見。

她原本想把塞拉歐格也一起叫來這裡，但因為他不久之前才剛打完那場比賽，現在很不湊巧的正在休養，所以才沒有硬是找他來。

無論如何，原本對於姊姊的魔法少女行徑那麼頭痛的蒼那學姊，現在竟然繼承了最關鍵的魔法☆小利維……

以前她打扮成魔法少女的時候明明就非常厭惡，還那麼害羞……可是，出現在電視上的第二代魔法☆小利維——蒼那學姊，卻完全沒有害羞的跡象，勝利手勢擺得很起勁，不時還會裝可愛。動作和她的姊姊利維坦陛下像極了，害我驚訝連連。

莉雅絲對絲格維拉的問題做出回應：

「……賽拉芙露陛下的決定，對她而言確實是難以承受的心傷。再怎麼說，最仰賴賽拉芙露陛下的人就是蒼那了。其實她應該非常非常想對陛下撒嬌，想得不得了才對，卻為了讓姊姊放心出門當個稱職的魔王，才一直保持冷靜，嚴加自律。當然，一方面也是出自她身為魔王利維坦之妹的自覺吧……但是，她小時候總是跟在賽拉芙露陛下後面到處跑，我一直都看在眼裡。她對姊姊的感情應該比我對家兄的感情還要強烈吧。」

莉雅絲談論自己的朋友時，表情是那麼驕傲，又有點心酸。

接著莉雅絲又這麼說：

「老是扛著過度的重擔是她的壞毛病，所以她大概是因為賽拉芙露陛下不在了，為了盡可能代理姊姊的職責，才會接手『魔法☆小利維』這個角色吧。即使得做出不像她會做的舉動，她也想守住那個崗位，直到最親愛的姊姊回來。我想一定是這樣的。我覺得，這是蒼那決定的重要意志。」
……因為利維坦陛下不在了，蒼那學姊才繼承了那個角色是吧。我從來沒有想過會有這種事情……但根據莉雅絲所說，既然現在狀況已經變成這樣了，這或許也是必然的結果吧。
絲格維拉還這麼表示。
不只是魔法☆小利維，蒼那學姊還承接了利維坦殿下除了魔王以外的幾項工作。與其說是承接，不如說是率先去主動接下來做更為正確就是了。
絲格維拉問：
「關於這些事情，妳沒有直接問過她對吧？」
「是啊。」
「她也沒找妳商量過？」
「在賽拉芙露陛下啟程之後，她曾經在我面前露出某種下定決心的表情。就只有這樣而已。她大概是認為這件事沒有重要到我們必須互相討論吧。然後，既然事情已經變成這樣，就是這麼回事了吧。既然如此，我也不會針對這件事找她深究。我和她的關係就是這樣。」
摯友繼承了姊姊的意志，決定在特攝節目當中飾演第二代而沒有找她商量過，但莉雅絲並不特別驚慌。
「——如果碰上同樣狀況的話，我也會這麼做吧。」

四。

——她只是這麼說。

……正因為她們是從小一起長大的交情，有些事情不需要對彼此說出口也能知道吧。

原本靜靜聽著她們對話的朱乃學姊也表示：

「我也一直跟在莉雅絲身邊看著她。她們兩位之間確實有某種默契。」

一旁的蕾維兒也說「真是一段佳話」，稱讚莉雅絲和蒼那學姊的友誼。

絲格維拉也不住點頭，並且說：

「是啊，真是美好的關係。讓我也很想要兒時玩伴。」

這句話讓莉雅絲露出微笑。

「哎呀，我和妳不也是從小就經常在活動場合見面嗎？我可是把妳當成朋友呢。」

聽見莉雅絲這麼說，絲格維拉露出開心的表情。

「說的也是。呵呵呵，真想聽妳再叫我一聲『小絲』呢。」

正當她們同世代的惡魔——兩個朋友相談甚歡的時候，有人敲了門。

「請進。」

莉雅絲如此回應之後，開了門進來的——是用托盤端了一壺新茶過來的愛爾梅希爾德。

換過茶壺之後，愛爾梅希爾德在手邊展開了小型的吸血鬼式魔法陣，從裡面變出某樣東

——是藍光光碟組。而且是彈鋼的！

這麼說來，絲格維拉之前（半強迫地）借了彈鋼的藍光光碟組給愛爾梅希爾德呢……這讓我回想起返鄉的時候發生的事情了。

「絲格維拉小姐。正好有這個機會，這個還給您。」

「哎呀，對喔，我是借給妳了呢——彈鋼的藍光光碟組。」

絲格維拉接過藍光光碟組。她剛才的上級惡魔風貌瞬間消失得無影無蹤，表情完全變成了彈鋼愛好者！

「……是在我老家碰面的時候借給妳的那個啊。」

聽我這麼說，愛爾梅希爾德便低調地開了口：

「不、不是，其實——」

接著眼鏡一亮的絲格維拉這麼說：

「呵呵呵，這是我借給愛爾梅希爾德小姐的彈鋼系列的第七部作品了。」

——！

竟有此事！怎麼會這樣！

「第、第七部！那、那麼多了嗎！」

我也只能驚訝了！在那之後，她們還繼續交流藍光光碟組嗎！都給她看了七部作品了，這英才教育不會太過頭了嗎！

愛爾梅希爾德害羞地表示：

「後、後來……我把那個時候借來的全部看完之後還給絲格維拉大人，結果她又借了續篇和外傳系列給我……」

……她對吸血鬼的公主做出那種惡魔行徑嗎！話又說回來，她本來就是惡魔，所作所為自然是惡魔的行徑……

絲格維拉發出「呵呵呵……」的危險笑聲，然後說：

「愛爾梅希爾德小姐最喜歡的好像是ＯＶＡ的『背包裡的紛爭』呢。眼光相當準確，感覺很有素質。」

——我不需要知道這種情報。

……不對，多知道一點隊員的資訊應該比較好吧？不對，這還是不需要的情報吧……真是的，絲格維拉來我們家的時候，多半都會變成這樣！可以不要影響我的隊員，帶出他們的不需要的素質嗎！

剛遇見愛爾梅希爾德的時候她是那麼高傲，但總覺得她的個性好像越走越偏了……

——正當這個房間的氣氛因為蒼那學姊繼承第二代小利維，還有彈鋼的話題而變得難以言喻的時候，突然有人豪邁地打開門。

走進來的——是個身穿黑色大衣的男人。髮色夾雜著黑與金。

我因為那個傢伙現身而嚇得站了起來！

「——！你、你是……！」

「久違了，現任赤龍帝。」

——是邪龍之首，克隆．庫瓦赫！

我是知道這個傢伙是莉雅絲隊上的新成員沒錯啦……！

但是沒想到，他會如此豪邁地闖進我家！差點沒被他嚇破膽！我甚至完全沒有察覺到他的氣息！

『他長期以來在人類世界當中生活都沒被識破真面目，所以會這點功夫也很正常吧。』

——德萊格也這麼說……不過，我身邊的人隱藏氣息的手法未免都太高明了吧？奇怪？該不會是只有我沒學到這招吧？

「你、你怎麼會來這裡？應該說，你是有事找莉雅絲嗎？」

我這麼問，但那個傢伙這次好像對我沒興趣，轉頭面向莉雅絲對她說：

「香蕉沒了。那是契約內容之一。我來要香蕉了。」

…………

……香、香蕉……？這麼說來，克隆．庫瓦赫加入莉雅絲的隊伍的經過，我還沒有詳細問過呢。

難、難不成，香蕉是契約條件之一……？

我和蕾維兒只能疑惑地在一旁觀望……

「香蕉在地下的儲藏庫。朱乃，妳帶他去吧。奧菲斯可能也在那裡。啊，克隆，不可以把奧菲斯帶到外面去喔。」

克隆．庫瓦赫老實回應了莉雅絲的吩咐。

「我知道。我只會和她談論龍與龍之間的話題。這也是契約條件之一。」

在朱乃學姊的帶領之下，邪龍離開了房間。

……原來用香蕉就釣得到最強的邪龍啊……

『……感覺很多龍都很貪吃呢。』

是啊，德萊格……我總覺得龍這種生物，位階越高，怪胎的比例也會跟著變高呢……

莉雅絲帶著開朗的笑容說：

「克隆．庫瓦赫，其實跟他聊過之後就知道這個人不壞。他可能偶爾會來這裡，要跟他好好相處喔。」

好、好好相處是吧……

也罷，我認識的龍也不少，和邪龍好好相處也沒什麼了不起的。

儘管發生了不少插曲，關於蒼那學姊的變化，我們討論的結果是一致認為暫時靜觀其變。

然後，如果蒼那學姊主動找我們商量事情的話，理所當然的，我們也決定要大家一起幫她解決。「D×D」的成員真的全都是一群可靠的人，包括我自己在內，只要有任何夥伴遇上困難大家都願意幫忙。

……不過，我身旁的蕾維兒倒是一臉凝重地陷入沉思了就是。

在得到這個情報的狀況下，下一場比賽──和當事人蒼那．西迪眷屬進行排名遊戲的時候該怎麼辦？我想，她在思考的應該是這件事吧。

……事情就是這樣，我們也差不多該正式來一次對抗西迪之戰的作戰會議了。

○●○

「燚誠之赤龍帝」隊的全體隊員都為了作戰會議來到兵藤家，在我的房間集合。這次連「皇后」維娜也趕到了。

我們為了再次確認對手目前為止的比賽內容，正在收看紀錄影片。

影片當中，熟悉的西迪眷屬們根據蒼那學姊的作戰計畫，在領域上準確地行動，確實削減對手的戰力。

我們看了她們在各種規則之下的表現……完全沒有多餘的動作呢。她們是以最原本的西迪眷屬為核心建構隊伍，或許是因為這樣吧，彼此的連攜隊伍均衡都相當完美。

負責攻擊的成員以穿上弗栗多鎧甲的匙為首，還有「城堡」狼人——路卡爾，「騎士」二人組——巡和死神女孩班妮雅，以及「士兵」仁村。

防禦則是「城堡」由良，還有「主教」花戒。

輔助成員有「主教」草下、新成員，以及蒼那學姊。

蒼那學姊能夠因應當下的需求，以極高的魔力精確度任意操控水，更能夠不時施展大規模的廣範圍攻擊。

……最驚人的，還是匙。

黑炎的高攻擊力和多重龍脈(line)的輔助，能夠對應各種規則、領域，表現得相當傑出。龍脈連接到敵人身上，可以用黑炎對敵人造成傷害，或是吸取目標的力量。

此外，他還以龍脈連接各個同伴，補強各種能力，對整個隊伍的貢獻相當大。同伴的魔力不夠的時候，他能透過龍脈的連接，從魔力還很充裕的成員身上輸送過去。

在某支影片當中有敵人察覺到這一點，試圖切斷龍脈，但由於黑炎會延燒過來，想排除也沒那麼容易，只能恨得牙癢癢的。

「讓他們接上龍脈開始進行連攜之後，可就很難對付了。」

蕾維兒也很注意匙的龍脈。

當然，強者不只匙一個。

觀察著其他西迪眷屬的夥伴們——潔諾薇亞低吟似的說：

「……留流子，還有巡、由良、花戒的人工神器都達到禁手的境界了吧。以留流子的個性應該會來向我炫耀才對……看來是有蒼那前會長盯著，她才謹言慎行了吧。」

正如潔諾薇亞所說，人工神器組的由良、巡、花戒、仁村在影片當中都使用了規格更勝於以往的能力。

看起來簡直就和真正的神器的禁手沒有兩樣。就連達到那個境界的瞬間，從影片看來也極為相似。

以仁村而言，她的腳甲型人工神器「玉兔與嫦娥（procellarum phantom）」，形狀變得和之前不同，速度和踢擊的威力也大幅提升。

巡所持有阿撒塞勒老師誠心打造的黑歷史劍「閃光與暗黑之龍絕刀（blazer shining or darkness samurai sword）」也是，刀的形狀有所改變，而且身邊還出現了四具鎧甲武士。雖然規模不及木場的龍騎士團，但是讓那些鎧甲武士在領域當中四處行動的話還是相當棘手。

蕾維兒看著人工神器版的禁手說：

「鬼手——counter balance。聽說人工神器版的禁手是這麼稱呼的。」

——鬼手，是吧。

……那就是人工神器的禁手！真的實現了啊。阿撒塞勒老師的法夫納鎧甲也是，那算是以失控狀態呈現的能力。不過，西迪眷屬現在所使用的，應該是正式的人工神器的禁手吧。

伊莉娜說：

「我聽說人工神器的禁手還在研究階段，並不算完成……」

嗯，我也聽說過這件事。至少，我聽說還需要一點時間。

對於我們的疑問，蕾維兒答道：

「聽說阿撒塞勒前總督好像在前往隔離結界領域之前，為相關理論統整出結論了。據說建構出來的理論內容就像是前總督親眼見過往後的發展似的，神子監視者的幹部們也相當驚訝……總之，人工神器的研究也因此大幅邁進。」

……是喔，我不知道發生了什麼事，不過老師大概是在參加對抗666之前，找到某種答案了吧。

——這時，我說出心裡最介意的一件事。

「那應該能當作草下也達到鬼手的境界了吧。」

草下也是人工神器組，但是光看影片並沒有發現她像仁村她們那樣產生明顯變化的場面，所以我非常介意。

「恐怕已經達到了吧。」

蕾維兒如此肯定。

也是，草下主要的工作是使用大量的面具進行諜報活動嘛。實際上，在紀錄影片的比賽當中她也都是朝整個領域發射面具，觀察對手如何出招，吸引敵人的注意，達成優秀的支援效果。

「西迪眷屬的人工神器組全都已經達到那個境界了是吧。而且，感覺還加上了很麻煩的特性呢……」

我說出這樣的感想。他們原本就是技術型選手很多的隊伍。在自己的神器達到那個境界的時候，很有可能使其變化為亞種，藉此得到可怕的附加特性。

蕾維兒也點了頭。

「當然，正面接觸會相當危險。不知道對方會對我們施加何種負面效果。」

理所當然的，在比賽當中短兵相接時必須十分留意。

然後，我們也特別注意西迪隊的新成員。

他就是持有日本古來的神聖之劍——十束劍的小學男生，火照幸彥！

我們在阿撒塞勒老師製作的體感型遊戲「阿撒塞勒冒險」當中遇見了這個小學男生。沒想到，他會以「士兵」的身分參加西迪隊……

「話說回來，沒想到火照會成為他們的隊員呢。」

我這麼說，羅絲薇瑟便跟著回應。

「聽說是他在升上國中部之後，為了增廣見聞而進行的修練的一環。」

「……那個傢伙其實很有行動力呢。面對龍王級的對手也是勇往直前。」

膽子大到敢衝向坦尼大叔，他其實很有機會成就大事吧。在大會的比賽當中，面對比他厲害的對手，他好像也是毫不怯懦地衝上前去。

就像這樣，我們透過電視確認了西迪隊的比賽狀況。西迪隊在大會當中的戰績，雖然是勝場比較多，但也輸了幾次。以排名分的數值來看，是我們比較高。

蕾維兒直截了當地說：

「——我認為，蒼那大人在組織戰術的方面，比起職業選手也毫不遜色。這方面她遠在我之上。」

蕾維兒也承認這一點啊。

蒼那學姊能夠完全活用大會的規則和領域，讓敵隊只能依照她的戰術行動……

對此，維娜難得開口問：

「……組織『戰略』的方面就另當別論了，對吧？」

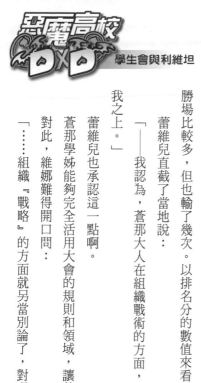

對於維娜的意見，蕾維兒表示：

「在排名遊戲當中足以改變局面的戰法，那支隊伍辦不到。」

她對西迪隊做出如此的判定。

……西迪隊無法採取改變局面的戰法……

羅絲薇瑟似乎想通了什麼，表達了自己的意見：

「壓倒性的攻擊力……也就是說魔王級、神級選手所能發出的，足以破壞領域的力量，是他們所缺乏的對吧。」

蕾維兒點頭表示贊同：

「是的。相對的，我們有一誠先生——還有維娜大人，兩把足以對領域造成重大影響的長矛。」

西迪隊確實是相當均衡的隊伍……但是，他們並沒有和我的龍神化砲擊相當的攻擊力。雖然不多，但這次大會當中，確實存在著足以炸燬領域的參賽者。多半都是神級選手，但也有瓦利和克隆·庫瓦赫等等足以與神匹敵的人。

……原來如此，因此西迪隊沒有影響局面——足以將領域炸燬，使規則泰半無法作用的手段，也就不能組織這樣的作戰計畫了。

反觀我方在緊要關頭的時候，只要由我伺機發出龍神化砲擊，就可以對領域以及對手造成重大的打擊。

蕾維兒對百鬼說：

「限定在術法方面的話，百鬼先生也是戰略方面的人才呢。」

「這個嘛，就要看是怎樣的領域了。還有，在模擬空間當中，作用還是比真正的地脈低落。我在之前的戰鬥當中認清了這一點。」

關於百鬼的術法，他只要腳踏實地，就可以從地脈得到各式各樣的恩惠。既能夠提升自己的攻擊力，也可以操控地面，在防禦與支援之間靈活切換。

蕾維兒接著問的是伊莉娜：

「伊莉娜小姐，那招呢？」

「嗯──原則上算是成形了吧。不過，時間上可能會略嫌不足就是了。」

伊莉娜一直像要抓蜻蜓一樣用手指畫著圓圈。其實，她正在開發蕾維兒想到的新招式。

「只要能夠在比賽之前盡可能提升精確度就可以幫上很大的忙了。」

聽蕾維兒這麼說……

「遵命。包在我身上。」

伊莉娜強而有力地回應。

蕾維兒又問愛爾梅希爾德：

「愛爾梅希爾德小姐這邊如何呢？」

「和百鬼先生一樣，要看領域吧。領域的設定不同，我準備的東西的條件也就會跟著改變。」

愛爾梅希爾德的吸血鬼能力，適合用在支援方面。這一點和解放神器力量之前的加斯帕很像。如果是戰鬥型的吸血鬼就能派她上前線，但愛爾梅希爾德除了能夠透過吸血來顯現提供者的能力之外，只是普通的女吸血鬼。基本上只能請她負責支援，等到被對手逼到無路可退的時候再喝血戰鬥了。

「……儘管如此，要對抗草下小姐的能力，愛爾梅希爾德小姐的力量不可或缺。」

蕾維兒似乎想派愛梅希爾德對付草下的面具。

「愛西亞小姐，法夫納先生……應該很難發揮吧。」

被蕾維兒這麼一問，愛西亞尷尬地回答：

「……是的，好像只有在我強烈認為對方是『壞人』的時候，牠才有辦法發揮像在對付瓦利先生的爺爺的時候，所展現出來的那種力量……當然，召喚牠的話，牠也會盡力協助我就是了……」

在我們和杜利歐的隊伍對戰的時候，法夫納出現在轉播席上。不知不覺間復活的牠固然讓我相當驚訝……不過就像愛西亞所說，那個傢伙只有在非常事態才會展現出逆鱗力量。而且平常只是個喜歡小褲褲的內褲龍……

不僅如此，根據大會的規定，使魔還有使用上的限制。

蕾維兒一邊沉思一邊說：

「根據規則，像法夫納大人那種水準的使魔，頂多只能使用一次。如果牠能夠發揮出在李澤維姆．李華恩．路西法面前展現出來的力量，遊戲也會變得輕鬆許多吧……」

壞到那種程度的邪門歪道，也不會隨隨便便冒出來吧……反而是如果那種人參加了大會我才傷腦筋。

蕾維兒又對愛西亞這麼吩咐：

「還有，負責恢復的愛西亞小姐，以及負責擬定作戰計畫的我，都很容易被對手盯上。不只是下一場比賽，今後也很有可能碰上沒有人保護我們的場面，所以務必要充分提防。」

愛西亞用力點了一下頭。

是啊，寶貴的恢復人員，還有我方的重心蕾維兒被盯上都算是理所當然，蒼那學姊也很有可能逮到機會就來打倒她們。還是小心為上。

之後，各個隊員也以蕾維兒為中心互相報告狀況，彼此交換對於戰鬥準備的意見。

就在報告到某個程度時，潔諾薇亞帶著心意已決的表情，毫不避諱地對蕾維兒說：

「蕾維兒，我可以提個任性的要求嗎？」

蕾維兒大概是心裡已經有底了吧，在她之前先說了：

「——妳想和蒼那大人一戰對吧？」

對此，潔諾薇亞顯得相當驚訝……而周圍的我們也嚇了一跳。

「喔喔，妳很懂嘛。不愧是我們的軍師。嗯，我個人想和蒼那前會長打一場。」

真的假的。

「是因為妳身為駒王學園的學生會長嗎？」

我這麼問，潔諾薇亞便承認了。

「嗯。理由很單純，我無論如何都想來一次新舊會長的交心。」

……所謂的交心，意義就和交手一樣吧……

沒想到，這個傢伙對前會長有那麼執著……

「透過戰鬥來交心是吧。確實很像身為劍士的潔諾薇亞的作風。」

我這麼說，爆華也跟著附和。

「我也可以理解。有些事情只能夠在戰鬥當中交流。」

沒錯，確實有那種只能夠在戰鬥當中交流的事情……有些時候，非得透過拳頭才能夠了解對方的心情。正因為如此，我也在苦思該如何處理現在不斷在我心中盤旋的念頭。

「事情就是這樣，我想問一下以作戰計畫而言有沒有辦法實現？」

潔諾薇亞這麼問蕾維兒……但蕾維兒反而轉頭看向我。

「回答妳之前我得多確認一件事情——一誠先生。」

「嗯？妳該不會要問我匙的事情吧？」

我立刻就脫口說出匙的名字。因為我正好在想這件事。

換句話說，就像潔諾薇亞對蒼那學姊有所執著，我個人也對匙有所執著。

「是的。我想，您應該也想和他決鬥吧？」

我……帶著認真的表情說出最誠實的心情。

「——那當然了。那個傢伙在比賽敲定之後還特地到我家來，還有之前在阿格雷亞斯一起觀戰的時候，我們也談過相關的事情。那個傢伙和我必須好好互毆一頓，彼此才有辦法繼續前進。這點千真萬確。」

那個傢伙的心情我清楚到不能再清楚了。

而且，我也想和那個傢伙再打一場。自從去年夏天的排名遊戲以來，我和匙心中一直有許多芥蒂。

那些芥蒂……必須再打一場才能夠釐清，也才能夠消除我心頭的陰霾。

「……在蕾維兒的作戰計畫當中，要容納我和潔諾薇亞的兩個任性要求會有困難嗎？」

「……畢竟，要是因為我和一誠的任性要求而輸掉比賽的話，就是因小失大了。」

基本上，潔諾薇亞也了解贏得比賽才是最重要的事情，所以要是蕾維兒堅決反對的話，她應該也會放棄吧。

我和潔諾薇亞等著蕾維兒的答案……

不一會兒，蕾維兒帶著魄力十足的表情開了口：

「……兩位的心情我自認相當了解。基於這點，我希望兩位能先聽聽我的作戰計畫。」

……蕾維兒不會毫不介意就割捨我們的想法，這點我和潔諾薇亞都非常清楚。

對於蕾維兒的發言，我和潔諾薇亞都點頭以對。

確認了我們的反應之後，蕾維兒轉而露出柔和的表情。

「兩位可以接受吧？那麼，有關對抗西迪之戰在各種規則下的應對方式——」

就像這樣，我們開始鉅細靡遺地討論對抗西迪之戰的作戰計畫——

沒錯，一切都是為了贏過西迪隊。

Line.2 學生會的祕密

隊伍的作戰會議大致上告一個段落了，而每天的學校生活我們也必須好好過。

放學後，在離開教室之前，松田和元濱如此開啟了話題：

「今年的暑假！反正，我們三個人大概都會以推薦資格升上駒王學園的大學，所以某種程度上應該有充裕的時間！今年一定要交到女朋友——」

「……女朋友……嗚嗚……！我原本還以為我們三個應該不會有任何改變的！」

說到這裡，松田和元濱開始落下男兒淚，而我看著這樣的他們，也不知道該如何是好……因為，這兩個傢伙已經知道我和莉雅絲正在交往了。他們對其他同班同學保密，更讓我感覺到他們兩個的友情。當然，他們也說了「下次你要介紹除了你身邊的女生以外的女生給我們」這種話對我施壓就是了……

除了我身邊的女生以外的女生啊……而且應該還得限定是普通人才行吧，這種要求相當困難呢。基本上，我和普通女生沒什麼緣分。

總之，我們幾個男生（還約了木場）說好暑假要一起去遊樂園玩。雖然說有莉雅絲她們在，但和男性好友一起出去玩也很重要。

「我們想泡妞，所以一誠你也要幫忙。」

「型男王子也要幫忙喔！」

——元濱和松田這麼說。

大概因為是男性朋友找他出去玩的緣故，木場也開心地表示「雖然不太懂，不過能幫什麼我就盡量幫」，爽快地答應了。

木場！這兩個傢伙只是想濫用你的型男力量而已！可惡！大概是因為和木場同班，又被分到同一組，這兩個傢伙開始學會利用木場的方式了！的確，要是我一樣沒有女朋友的話，我可能也會仰賴木場的協助吧！

如此這般之後，我和木場告別了他們，前往舊校舍，這天也平安無事地完成了神祕學研究社的活動。

「那麼，今年的暑假也來辦宿營吧。」

討論會在愛西亞社長的決定之下結束，全體社員也都以「了解」回應。

對於宿營，新社員們似乎都相當期待。

「宿營！我好期待暑假啊！」

勒菲顯得雀躍不已。

『我聽說這種活動的醍醐味在於零食的金額限制。說不定，金額限制越低才越享受得到思考的樂趣呢。』

班妮雅都已經想到零食去了。

「宿、宿營！暑假也是第一次！」

托斯卡看起來也很開心。她不管做什麼全部都是初體驗，所以興致相當旺盛吧。

「宿營也很好，不過暑假我要老家一趟！」

九重已經計畫好要回老家一趟了。也是，雖然說是為了增廣見聞才離開故鄉來到這裡，但她依然是個小學生，應該很期待可以回老家吧。

蕾維兒一面在行事曆上寫下宿營的行程，一面說：

「……看來今年的暑假有很多事情要做呢。」

既是隊伍的重心，又身為我的經紀人，蕾維兒即使在暑假也會忙到沒得休息吧——不過，那就表示身為「國王」的我也會很忙！

在參加大會的同時，還要跑社團活動，又得扮演「胸部龍」，今年夏天感覺會更忙碌呢……話雖如此，出差的時候說不定可以去比較涼快的地方，這點倒是值得期待。

就在神祕學研究社的討論會即將結束的時候，有人走進社辦裡。

——是潔諾薇亞。

潔諾薇亞以視線掃過大家。

「一誠在嗎？」

她有事情找我嗎？正當我心裡狐疑的時候，愛西亞向潔諾薇亞報告：

「啊，潔諾薇亞同學！正好，我們決定要辦夏季宿營了！我還在想應該要向羅絲薇瑟老師報告這件事情呢！」

聽愛西亞如此報告，潔諾薇亞也有所反應。

不過，她的視線一直盯著我不放。

「哦，宿營啊。我也要去——不過，這件事就先這樣吧。一誠，我有件事想拜託你。」

就這樣，我陪潔諾薇亞去處理她想拜託我的事情。

正好今天社團活動的討論會也幾乎要結束了，於是我陪潔諾薇亞處理她的事情。

聽她說，匙好像有東西忘了拿，希望我可以陪她一起送去匙的家裡。潔諾薇亞在鎮上住了一年了，不過對這裡的地緣關係還很生疏，所以她才想拜託對當地比較熟悉的我陪她去。

我知道匙住在哪裡。應該只要從我們居住的駒王町搭電車坐個幾站就到了。那裡就在蒼那學姊的管區——她的地盤附近。

搭上電車之後，我在車上看著潔諾薇亞拿在手上的文件信封說：

「匙也會忘記東西啊。」

「是啊，他說有事情要先走，就和其他西迪隊員一起離開了學生會辦公室……但是，他很罕見的忘了帶走文件。這是明天的會議上要用的，所以我想在今天之內送過去給他。」

……有事情是吧。不知道是針對比賽有事情要討論，或者是有關奧羅斯學園的事情，還是……去幫忙繼承了賽拉芙露陛下的工作的蒼那學姊呢？

看來他們那邊的行程也排得很緊呢……

正當我如此思索的時候，又想到另外一件事情。

「我雖然知道那個傢伙的住址，但是一次也沒有去他們家玩過呢。」

沒錯，我意外的從來不曾去那個傢伙的家裡玩過。木場和加斯帕合租的公寓，在瓦雷莉和托斯卡來日本之前我倒是還去過幾次……

匙是在我變成惡魔之後才認識的同學，結果事到如今我才發現自己不曾去過他家。

潔諾薇亞似乎也感到很意外。

「是喔？一誠和匙的感情那麼好，我還以為你們去對方家玩是理所當然的事情呢……」

「那個傢伙倒是經常來我家就是了……」

畢竟，我家是在有事情發生的時候的集合地點，所以他來過我家好幾次。

像這樣聊著聊著，我們在距離目的地最近的車站下車，走進站前的店家買了蜂蜜蛋糕當伴手禮。接著就直接憑著存在智慧型手機裡面的匙家的地址開始前進。

最後，我們來到距離車站徒步十多分鐘的住宅區一角，一棟六層樓的公寓前面。

……原來如此，我可以感覺到這棟公寓散發出獨特的氣息。這裡大概是西迪家名下的物件，住在這裡的相關人員也全都是蒼那學姊的同夥。就像這樣，在我們的家鄉，意外的有許多惡魔陣營的人士住在近處。

我忽然想到一件令我好奇的事情，便問了潔諾薇亞：

「如果是教會戰士，靠近這種地方應該感覺得出是對方陣營的持有物對吧？」

「呵呵呵，和惡魔相關的建築物，有些甚至可以在幾百公尺之外就感覺得到呢。這裡大概是上級惡魔西迪的持有物，想必可以感覺到相當強烈的氣息吧。」

潔諾薇亞也如此回答。

我想，如果是在談和之前的話，教會的戰士光是靠近和有上級惡魔介入的建築物就會很緊張了吧。

……既然如此，和潔諾薇亞第一次見面的時候，當時要進入和上級惡魔吉蒙里家有關的兵藤家，她應該是抱持著相當大的決心才踏進來的吧。我現在突然這麼覺得。

匙住的地方好像在五樓，於是我們搭電梯上去。

我們走過走廊，來到最角落的一間。喔喔，是角間耶！他應該是和家人住在一起吧，要到的位置很不錯呢。這棟公寓本身的地理條件也很好。

我站在匙家門口，按了對講機。

……可是，裡面好像沒有人在。

好了，這下該怎麼辦呢？正當我和潔諾薇亞面面相覷的時候。

「兩位是兵藤一誠先生——和潔諾薇亞會長，對吧？」

有人從背後對我們這麼說。我轉過頭去，看見一個國中女生和看起來還在念幼稚園的小男生手牽著手站在一起。幼稚園男生的臉上和膝蓋貼著ＯＫ繃，看來是受傷了。

他們大概是在回家路上去買東西了吧，手上提著塑膠袋。

國中女生對我們點頭致意。

「我是匙元士郎的妹妹——華穗。他是舍弟元悟。元悟，有沒有說午安？」

「午安。」

——！對我們打招呼的國中女生和幼稚園男生的身分，讓我嚇了一跳！

原來是匙的妹妹和弟弟啊！那個傢伙原來有兩個比他小的手足！

……我還是第一次知道這件事。這麼說來，我完全不知道那個傢伙家族有哪些人呢。

潔諾薇亞將手上的信封的給匙的妹妹。

「這是匙——妳哥哥忘記拿的東西。可以幫我交給他嗎？還有，這是要請你們吃的蜂蜜蛋糕。」

「啊，真是不好意思。他有時候會忘記東西。謝謝你們的蜂蜜蛋糕。」

妹妹接過信封和蜂蜜蛋糕的時候一面鞠躬，一面苦笑。

好，事情辦完了。我和潔諾薇亞相視點頭，準備離開這裡。

「那麼，我們就先回去嘍。」

正當我和潔諾薇亞在走廊邁開步伐的時候——

「啊，請等一下。進來喝杯茶讓我向兩位道謝好嗎？」

匙的妹妹如此叫住我們。

「不，只不過是送個東西罷了……」

我如此婉拒，但匙的妹妹嫣然一笑之後說：

「呃——兩位分別是赤龍帝跟杜蘭朵的持有者對吧？我也會為你們的隊伍加油喔。」

——！

看來，他的妹妹比我以為的還要清楚我們的狀況。

決定進匙家叨擾一下的我和潔諾薇亞，被帶到客廳裡來。家裡維持得相當整齊乾淨。

牆壁上貼著他們三兄妹的畫像，大概是還在上幼稚園的弟弟畫的吧。看來他們手足之間的感情相當不錯。

坐在沙發上的我和潔諾薇亞，對著在門開著的隔壁房間照顧弟弟換衣服的妹妹這麼問：

「我們的真實身分……應該說，妳也知道匙的真實身分啊。」

「是的，我知道。不過元悟還不知道。」

……幼稚園小朋友搞不懂是怎麼回事也是當然的吧。所以，目前應該還可以討論。

妹妹表示：

「大會的比賽我也有在看。各位和天使杜利歐先生的那場遊戲，真的很可惜呢。原則上，我也有在為兵藤學長的隊伍加油喔。」

她知道得這麼清楚啊。不過，既然是關係人，在人類世界也看得到冥界的電視節目。

知道了許多匙不為人知的一面，我和潔諾薇亞對於一連串新鮮的情報都不住點頭。因為那個傢伙都不提自己的家人。關於夢想和野心他倒是高談闊論就是了……

我不經意地往客廳的角落看了過去，發現了擺在架子上的相框。

「那是家父和家母的照片。還有爺爺和奶奶的。」

——匙的妹妹如此報告。啊，我想也是。

這麼說來，這個時間媽媽卻不在家，是有事出門了，還是去工作了嗎？

正當我如此想像的時候，匙的妹妹稀鬆平常的開了口：

「不過他們都已經過世了。雙親是在元悟剛出生不久之後，所以已經五年了吧。爺爺是去年走的，奶奶很久以前就不在了。」

——！

…………………………

…………喂喂，這是怎樣。所以照片上的那些人都已經過世了……？

對於這衝擊性的情報，我和潔諾薇亞都顯得相當震驚。

「……抱歉，我沒聽匙提過這些。」

由於太過無知，我也只能當場道歉了。

匙的妹妹也輕呼了一聲，一副說了不該說的話的樣子，困惑地露出苦笑。

「啊——元哥果然沒說啊。那我好像太多嘴了……」

……是啊，匙那個傢伙什麼都沒說喔。不對，也許他根本就不想提這些吧……

我跟他成為惡魔同期兼摯友都已經一年以上了，那個傢伙……

潔諾薇亞也一臉認真地說：

「我也是第一次聽說。同是西迪眷屬的留流子她們也沒告訴過我。」

西迪的那些人應該知道才對……

這樣啊，以匙為首的西迪陣營的人，都沒有把這件事告訴吉蒙里眷屬這邊的人啊。我想，莉雅絲大概知道就是了……

正當我和潔諾薇亞因為突然得知匙家的真相而說不出話來的時候……

「姊姊，我換好了！」

一個開朗的聲音在室內大響。

換完家居服的弟弟從房間裡衝了出來，往廚房跑了過去。

妹妹也跟了過去，打開冰箱拿了東西出來。

「很乖，那麼，來吃點心吧。這是隔壁奶奶教我做的手工布丁！而且今天還有大哥哥他們拿來的蜂蜜蛋糕！」

看著端到餐桌上來的點心，弟弟興奮得不得了。

「好棒喔！有兩個點心！」

「好了，有沒有向大哥哥他們說謝謝？」

被妹妹這麼一說，弟弟便對我們一鞠躬。

「謝謝！」

聽他充滿朝氣地這麼應對，我們也自然而然綻放出笑容來。

「很好，那你可以看電視了。」

得到妹妹的許可之後，弟弟打開客廳的電視，把光碟放到藍光播放器裡面去。

「怪物手錶、怪物手錶！」

螢幕上開始播放小朋友們喜歡的動畫，弟弟便一邊大口吃著點心，一邊盯著電視看。

「那個孩子太有活力了，真是不好意思。」

妹妹也在他身旁坐了下來，向我們道歉。

「我剛才看他好像哭過……還好嗎？」

我這麼問。其實在走廊上遇見他們的時候，我發現弟弟的臉頰上好像有淚痕。

妹妹說：

「啊——其實他最近好像經常和一個塊頭比較大的小朋友打架……那個小朋友好像是只有媽媽的單親家庭，情況也很複雜。這個年紀的小朋友也有他們會感到鬱悶的時候，大概是想找人發洩吧。」

在幼稚園打架啊。

「我們家沒有爸爸也沒有媽媽，爺爺和奶奶也過世了，但我和元哥可以陪元悟的時間，其實還算滿多的。幾位西迪眷屬偶爾也會來幫忙照顧舍弟，隔壁的老爺爺和老奶奶也經常幫忙照顧他，已經算是很幸福的了。」

匙的妹妹如此表示。

後來，我稍微問了一下匙他們家裡的狀況。

他們的雙親——父親原本是老師，母親原本則是博物館的職員。兩位從事的都是和教育有關的工作。

他們兩位過世是五年前的事情——好像是兩個人開車的時候發生的不幸交通事故。是發生在匙的弟弟剛出生之後沒多久的事情。

後來，爺爺便接他們過去照顧，一直到去年都還住在一起。但是，照顧他們的爺爺也在去年因為生病而過世了——

失去了親人——監護人的匙家三兄妹，在偶然遇見蒼那學姊之後，因為蒼那學姊發現了匙體內的神器，進而成為蒼那學姊的眷屬，得到了後盾。然後，他們也住進了這棟公寓……

原來他們家有過這樣的遭遇……我還是第一次知道！

那個傢伙，為什麼不肯告訴我啊……或許很難啟齒沒錯……但我們可是摯友啊！

不對，我們更是一起跨越生死關頭的戰友……但他還是不想說……不對，也許是不想讓我擔心，不想造成我的困擾吧。

可是……搞不好，我會神經很大條的問你父母的事情耶……這樣一想，我就……

這下我也知道牆上他弟弟畫的畫是什麼意思了……既然他懂事的時候雙親都已經不在了，他知道的家人……也就只會有哥哥和姊姊了。

匙的弟弟看動畫看得很開心。而看著這樣的他，匙的妹妹對我們說：

「元哥一直說他想當老師對吧？那個夢想，好像是在他成為蒼那小姐的眷屬之後才突然開始升溫的。在他變成惡魔之前，明明還說想當個穩定的市公所職員呢。」

妹妹一臉感傷地說：

「我想，元哥大概是想讓元悟看到爸爸和媽媽生前曾經走過的路吧。爸爸媽媽沒能讓元悟看見他們工作的模樣，所以自己也從事和教育相關的工作，代替他們表現給元悟看。」

妹妹一邊苦笑一邊說：

「我想，元哥大概是想連同爸爸和媽媽的份，好好耍帥個夠吧。」

…………我和潔諾薇亞說不出話來。

後來，我們又聊學校的事情和大會的事情聊了十分鐘左右，接著便告別匙家。

離開的時候，匙的妹妹在門口對我說：

「比賽的時候，我會為你們加油的……不過，我加油的第一優先還是西迪隊喔。」

回家路上，我仰望天空說：

「……大家都扛著各式各樣的重擔呢。」

我的夥伴們也都經歷過複雜而不幸的遭遇，才抵達莉雅絲的身邊。聽說西迪的眷屬們原本的生活也都不是很順遂，後來才得到蒼那學姊的救贖……

走在我身邊的潔諾薇亞說：

「我認為，正因為如此，才更應該珍惜現在幸福的日常。」

——！

……這個傢伙偶爾會說出很有深度的話，往往令我驚奇……

來這趟好像讓我在重要的比賽之前多了一點煩惱呢。

正好，下次放假的時候我要和莉雅絲約會，到時候再跟她聊聊這個問題好了。

如此決定之後，我踏上了歸途——

—○●○—

然後，下一個假日——

我和莉雅絲——還帶了九重和凜特．瑟然，來到本地的購物中心。

去年，我還以吉蒙里眷屬的身分，在仿照這間購物中心的遊戲領域和西迪眷屬戰鬥呢。

莉雅絲對凜特說：

「好了，凜特，去逛妳想看的地方吧。」

我也對看向購物中心裡的各個地方的九重說：

「九重也去吧，不過可別玩得太過頭了，小心迷路喔。」

九重興奮地舉起手說：

「放心吧！這間購物中心我已經全都摸得一清二楚了！走吧，凜特大人，我們先去電玩中心！」

九重拉著凜特的手，興高采烈地指著電玩中心的方向。

「喔喔，電玩中心啊？我很想玩一次所謂的夾娃娃機呢。」

「包在我身上！一誠和莉雅絲大人儘管去逛街吧！」

說完，九重就和凜特一起快步往購物中心的另外一端走去。

……那個年紀的小朋友真的特別喜歡百貨公司之類的地方呢，我還記得自己也是那樣。尤其是玩具專櫃和電玩中心。我也經常央求爸媽帶我去。

大概是覺得九重的表現很有趣吧，莉雅絲笑著說：

「她這麼說耶。」

「真是的，九重那個傢伙——直央求我帶她來購物中心……」

我們大家曾經來過這間購物中心一次，當時九重也是在裡面東張西望，眼睛閃閃發亮呢。京都也有大型百貨公司，但她說一碼歸一碼，而且她在故鄉的時候，那邊的人好像不太願意帶她到人類城鎮的這種地方去。

也是，在京都那邊她身邊隨時都有隨從跟著，大概也很難像這樣隨興走動吧。九尾的公主也不好當呢。

莉雅絲說：

「凜特也是，她好像完全不習慣過正常的生活，連買東西都還不是很順利，所以我想說趁今天這個機會帶她來……造成你的困擾了嗎？」

我們約會時是不是不帶凜特這個跟班來比較好呢？——她大概是這個意思吧。

我搖了搖頭。

「光是可以和莉雅絲一起來這裡我就很開心了。自從成為『國王』之後，我連像這樣和莉雅絲一起逛街都沒辦法。」

明明不久之前我們還會兩個人來這裡逛街的說。成為「國王」——升格為上級惡魔之後，要做的事情瞬間暴增，所以就連想約個會都無法如願。不只是和莉雅絲，和愛西亞還有其他女生也一樣。

莉雅絲握住我的手對我說：

「不愧是我的男朋友——好了，我們也一邊注意那兩個孩子，一邊逛街……好好約個會吧。」

「嗯。像這樣的約會，偶爾為之也不錯。」

我也反握莉雅絲的手，就這麼開始約會。

一面注意著正在玩夾娃娃機和推代幣遊戲的九重和凜特，一面在電玩中心的角落用吸管喝著奶昔，我和莉雅絲聊著生活上的大小事。

學校的事情、惡魔的事情、大會的事情，還有——我在不久之前得知的匙的狀況。

「匙家裡的狀況，妳原本就知道嗎？」

我問莉雅絲。

她露出有點驚訝的表情，隨後像是隱約想通了什麼似的點了點頭。

「……是啊……照這樣看來，你是最近才知道的？」

「嗯，不久之前知道了一點。莉雅絲很久以前就知道了嗎？」

莉雅絲點了頭。

「是啊，是蒼那告訴我的。我之所以沒告訴你，是因為你們是朋友，我以為匙會自己告訴你。而且……我也是第一次知道你沒去匙家玩過。如果你去過他們家的話……他應該也會主動告訴你才對。」

「哈哈哈，潔諾薇亞也對我說了同樣的話。就是說啊，我們兩個都因為學校和惡魔的工作，還有『D×D』小隊的事情忙得團團轉。」

明明以戰友的身分來往了那麼久，我卻沒有去匙家玩過，看來以同年齡的男生之間的關係來說，這果然是不太尋常的事情。畢竟，我在升上高中之後，也會在假日去松田和元濱家玩。

莉雅絲說：

「匙……大概是不想告訴你吧。雖然是我的猜測，不過他可能是不希望你擔心他吧。可能是不希望你太過顧慮他。」

「……果然是這樣啊。」

……我也如此想像過就是了。不過，這也讓我有點失落。如果我知道的話，或許可以幫他什麼忙吧……

……對他而言，這樣說不定是過度的顧慮。

正當我如此沉思時，莉雅絲又這麼說：

「而且，你之所以沒有去匙家玩，應該也是因為隱約從他的態度當中感覺到有什麼不對勁，才下意識地裹足不前吧？你其實還挺能夠感覺到那種氣氛，進而表現在行動上的喔。」

——！

匙散發出不希望我去他家的氣息，而我下意識感覺到，才會對於去他家這件事裹足不前是吧……

……或許……是這樣沒錯。那個傢伙，在學校生活當中和在冥界跟我相處的時候都表現得像摯友一樣親近，但是在某種意義上，我覺得他身上那種「到此為止，不要再踏進來了」的氣息比木場和加斯帕還要強烈。

下課後，即使那個傢伙有空，我確實也不太敢問他要不要在回家的路上繞到哪間店去逛逛。關於這一點，如果是木場的話，我就可以隨口問他。這不是因為是否同為眷屬這層關係的緣故，而是只存在我和匙之間的獨特氣氛所導致的也說不定。

莉雅絲看著我的臉孔這麼問：

「是不是覺得下一場比賽不知道該怎麼打了？」

「如果是這樣的話，我會被那個傢伙揍吧。而且我也不能對眷屬說這種話。」

「是啊。而且塞拉歐格他們應該也會看那場比賽，要是你攻擊匙的時候有任何猶豫，可是會被瘋狂抗議喔。」

……是啊，完全沒錯。就算得知了匙的身世，如果我的拳頭因此而變得不再凌厲，又怎麼對得起一路走來同樣經歷過不幸遭遇的塞拉歐格他們呢？

更重要的是，如果因為這樣就猶豫拒戰的話，我就再也無法說那個傢伙……說匙是我的摯友了吧。

「……要是我對蕾維兒說這些的話，一定會被她罵吧。」

聽我這麼說，莉雅絲微笑以對。

「那個孩子費盡全力想讓你成材。她當然會罵你。」

誰教蕾維兒那麼嚴格。我的野心也是蕾維兒的野心了。所以，她為此也會狠下心，說服我打倒對手。

我的經紀人為了鼓舞「國王」，什麼事情都做得出來。

……向莉雅絲問過匙的事情之後，我覺得心情好像輕鬆了一點。

「這種事情，我也只能問莉雅絲或是阿撒塞勒老師了。我非常感激，也很慶幸有你們幫我。」

類似這樣鬱悶，我之前主要都是找老師商量。他現在到很遠的地方去了，所以想找他通話也沒有那麼容易……不對，我是有辦法找他說話沒錯，但是也會同時和瑟傑克斯陛下他們搭上線，很難商量類似這樣的話題。

所以，我真的很感激現在有莉雅絲在。

莉雅絲輕聲笑著說：

「呵呵呵，是啊。愛西亞和潔諾薇亞她們是打從心底仰慕你，所以有個大前提是遵從你的答案。而我也只會聽你發洩而已。剩下的你得自己思考才行喔——因為你已經是『國王』了呢。」

必須自己做決定的立場——是吧。

……愛西亞和潔諾薇亞她們都表示願意跟隨我。我很難私底下找她們商量類似這樣的話題。因為，我覺得還是盡量別讓她們看到我軟弱的一面比較好。她們應該也以她們自己的方式，為下一場比賽做好心理準備了才對。不應該在這種時候帶給她們新的煩惱——讓她們知道「國王」的心事。

莉雅絲豎起一根手指說：

「比賽前我給你一個建議，或者說是對付蒼那的提示好了——那個孩子很強。建構戰術的能力極為優異。同時，她也非常嬌弱……是個和我同樣年紀的女孩子。」

——同樣年紀的女孩子。

……沒錯，蒼那學姊是和莉雅絲同樣年紀的女孩子。雖然總是表現得很冷靜，卻也有主動繼承姊姊的事業這樣熱情的一面，同時也是個正因為失去了姊姊而難過的普通女孩。

「一誠，我夾到超級雷啾了！」

「我夾到的是夏威夷版的雷啾。」

九重和凜特拿著她們在夾娃娃機夾到的「雷啾」系列給我們看。

莉雅絲也稱讚她們「好厲害喔」，摸了摸她們兩個的頭。

嗯，好有媽媽的樣子啊！等我們有了小孩之後，感覺就會像這樣嗎……凜特的年紀稍微大了一點就是了。

莉雅絲對她們兩個說：

「那麼，電玩就差不多玩到這邊，我們去逛街吧。先去看衣服。」

「「好～」」

九重拉著凜特的手，準備離開電玩中心。

看著這幅光景，莉雅絲說：

「女生真不錯。將來，我至少想要一個女兒。」

——而且說出來的話語如此刺激！

當、當然，我將來也想和莉雅絲生小孩！只是沒想到莉雅絲現在就說出這種話來，難道她的母性本能正在運作嗎！

不過，莉雅絲又充滿自信地這麼說：

「可是，我覺得第一個孩子會是男生。不知道為什麼，我就是有這種強烈的預感。呵呵呵。」

說著，莉雅絲握著我的手，再次開始在購物中心裡面移動。

我也反握她的手，同時心裡想著「我的兒子……應該還是個色狼吧」之類的，擔心起這種無謂的事情來——

就像這樣，我和莉雅絲一起一邊照顧九重她們，一邊在購物中心裡到處逛逛，藉此消除了因匙而起的心煩意亂，確實做好了面對下一場比賽的心理準備。

——蒼那學姊，還有匙。我……不會輸的！

Line. 3 夢想的根基

結束了奧羅斯學園的工作，以及針對下一場比賽的作戰會議之後，匙元士郎總算是在晚餐時間回到自己家裡了。

「我回來了～～」

他在門口一邊這麼說，一邊脫鞋，弟弟——元悟便從家裡面乒乒乓乓地快步跑了出來。

「歡迎回來～～哥哥！」

匙一邊摸著元悟的頭，一邊往客廳走去。

「喔喔，元悟，你在等我吃飯啊？」

晚餐——咖哩的香味從廚房傳了出來，鑽進他的鼻腔。由於剛工作完，又開了一個會，他的肚子也差不多餓了。

「元哥，你回來啦。」

妹妹——華穗好像在客廳休息。知道哥哥回家了，她便立刻開始準備吃晚餐要用的東西。

見華穗隱約表現得有些尷尬，於是匙問了：

「……怎麼了嗎？」

知道自己的變化被看穿了，華穗嘆了口氣，開始說明：

「——其實是這樣的。剛才，兵藤一誠先生，還有潔諾薇亞會長來過一趟。因為元哥忘記拿文件……」

妹妹這麼說的時候，視線——落在架子上放著雙親照片的相框上。

光是這樣，匙就知道是怎麼一回事了。

「……這樣啊，他們知道了是吧。」

匙抓了抓後腦杓。

……他不是刻意隱瞞，只是覺得這種事情不需要主動提起，所以不曾對兵藤一誠還有和他共事的潔諾薇亞．夸塔提過他的家庭狀況。

「抱歉，我不知道你沒有告訴他們……這樣會不會影響比賽啊？」

華穗擔心地這麼問。

妹妹知道下一場比賽對哥哥而言是多麼重要的比賽，所以才會這麼問吧。

匙苦笑，搖了搖頭。

「不，應該不至於吧——那個傢伙會毫不猶豫地打過來。他就是這樣的傢伙。只是，在學校見面的時候……我應該跟他聊一下才是。」

……沒錯，兵藤一誠就是這樣的摯友。這樣的戰友。這樣的同期。正因為如此，自己一直以來才會一心追趕他。

——要是他敢有任何猶豫，自己只需要當場揍他一拳就夠了。這樣那傢伙就會醒過來。

不過，妹妹還是很介意，開口道歉：

「我還是該道歉。」

「沒關係啦。好了，吃飯吧。」

匙示意要妹妹準備晚餐，三人便在餐桌上準備好三人份的餐點。

「「「我要開動了～～」」」

正當三人在客廳開始吃咖哩的時候，匙稍微回顧了一下過往。

——五年前，我的雙親因車禍而死。

那是弟弟元悟出生之後，過了半年左右的事情。原本是老師的爸爸在離開學校回家的路上，開車前往媽媽工作的地方接她下班，兩人會合之後正要回到家裡的路上。

他們被一輛司機邊打瞌睡邊開車的大卡車正面撞上，從此再也回不來了。

匙是個剛上國中的十三歲小孩，妹妹華穗是十歲的小學四年級學生……

由於事出突然，失去了雙親的匙家三兄妹置身於他們難以理解的狀況，而接手照顧這樣的他們的，是父親那邊的祖父。祖母已經過世了，但祖父接了他們三兄妹過去一起住，代替雙親照顧他們。

然而，就連照顧他們的祖父——

也在去年初因病過世了。

臨終之際，躺在病房裡的祖父渾身接著管子，把匙叫了過去，流著悔恨的淚水這麼說：

「……爺爺原本想拉拔你們成材的……對不起，對不起啊，元士郎……」

看著祖父不停道歉——匙什麼都說不出口，只能默默流淚。

祖父接手照顧他們這將近四年多來，祖父代替父親、代替母親，拚命扛起一切重擔，實現了他們的各種無理要求。

自己能夠順利上高中，妹妹能夠進入國中，全都是祖父的功勞。祖父甚至代替雙親參加學校的活動。無論是遠足的時候，運動會的時候，祖父都會幫他們準備便當。

照顧元悟的工作，也是祖父一手包辦——

祖父以沙啞的聲音說：

「元士郎……元悟……長到這麼大都不知道父母是怎麼回事……爺爺原本想連你們的雙親的份好好照顧你們的…………所以，元士郎，身為元悟的哥哥，你必須代替父職。」

這是祖父對於匙——對於身為長男的元士郎的請託。

「沒想到爺爺必須把這種事情託付給還是小孩的你……要恨就恨爺爺吧……」

祖父舉起變得瘦弱的手摸了摸匙的臉頰。

不久之後——祖父便過世了。

匙家三兄妹——變得孤苦無依。

想要一個人扶養年幼的弟妹，匙並沒有那個經濟能力。一個高中生無力處理的現實，重重壓在匙的身上。最大的問題是沒有了監護人，三兄妹或許只能就此各分東西了。

就在不知何去何從，心中只有不住打轉的不安的時候——匙遇見了蒼那。

偶然之下，匙在當地的車站收到召喚傳單。他沒有多想，就這麼帶回了家裡，然後在家裡說出對今後的不安時，那張傳單突然發光，從中現身的——是他所就讀的駒王學園的學生會長。

得知蒼那的真面目的匙說明了事情的來龍去脈之後，蒼那搜尋了他的體內，結果就找到了那樣東西。

——神器，「黑色龍脈(absorption line)」。

得知自己身上有這樣的神器之後，匙順利發揮出其力量，便與蒼那締結了主從的契約，轉生為她的眷屬。同時也加入了學生會，下定決心要成為她的手腳，拚命工作。

於是，匙有了西迪家這個強大的後盾，得以搬進這間公寓。住在這裡的，都是和西迪有關的人。知道狀況的居民們，對匙家三兄妹都非常親切。

以西迪眷屬的身分工作得來的金錢，全都充作養育華穗和元悟的資金，以及為了將來做準備的儲蓄。

雖然發生了許多難熬的事情，匙家三兄妹也終於可以過著安穩的生活。

匙一邊吃著咖哩，一邊回顧著這樣的前半生——

無意間，匙發現到弟弟的變化。他的臉頰和膝蓋上貼著ＯＫ繃。

他立刻知道了理由是什麼。大概是在幼稚園打架了吧。

匙問元悟：

「元悟，你打架打輸了嗎？」

原本一臉笑容的元悟表情一變，嘟起嘴來，以沮喪的聲音說：

「…………小淳的塊頭那麼大，我的擒抱和拳頭都不管用。」

聽說，對方是單親家庭的小孩。對方的情況也和匙家一樣複雜，而察覺到這件事的小孩想發洩難以排遣的心情於是訴諸拳頭，匙也可以理解對方的狀況。

匙放下湯匙，正面對元悟說：

「聽好了，元悟。哥哥偶爾也會打架，而且跟哥哥打架的人全都比哥哥還要強。可是，哥哥絕對不會哭，還是一直勇往直前。你知道為什麼嗎？」

元悟搖了搖頭。

「——因為，我想讓對方知道，無論他有多強，我也不會輸給他。所以，元悟也要展現自己厲害的地方。如果被打了兩拳，哪怕只有一拳也要回敬他。被打了三拳就回兩拳。這樣一來，就沒有人會認為元悟很弱了。」

這是匙目前為止經驗過的，他個人對戰鬥的——對競爭對手的答案、想法。

……沒錯，匙覺得自己被兵藤一誠打敗了好幾次。不只是在戰鬥當中，身為同期、身為夥伴、身為惡魔……他們之間的差距都變得很大，自己完全敗給了他——

在今天的作戰會議上，匙難得對他的主人蒼那．西迪建言：

『會長，我有一事相求。如果比賽的狀況允許的話……我想和兵藤一對一打一場。』

他的要求，是和兵藤一誠——正面對打。

這樣對比賽有多麼不利、不合理，匙自己也非常清楚。即使是在提出的那個當下，他也是克制自己、告誡自己到最後一刻。

然而……然而，他還是無法完全死心。無法壓抑自己。

——我想和那個傢伙戰鬥。

這個想法，在比賽敲定之後便不斷膨脹，膨脹到他也無法壓抑，甚至到了讓他不惜直接找蒼那談判的地步。

對此，身為「皇后」，同時也是蒼那的左右手的真羅椿姬大聲訓誡他：

『匙！這場比賽相當重要！尤其兵藤的隊伍是吉蒙里眷屬的一部分，和他們戰鬥對於我們的隊伍而言，也是為去年雪恥的重要一戰！』

即使副隊長真羅椿姬如此訓斥，匙依然毫不閃躲地盯著蒼那的眼睛看，等待她的答案。

這時，和他共事的花戒桃舉起手，如此表示：

『蒼那會長，可以請妳答應阿元的心意嗎？』

她表示尊重匙的期望。

『——桃，連妳也說這種話！』

對此，真羅椿姬也嚇了一跳……但是舉起手來的不只花戒。

匙的學妹仁村留流子也這麼說：

『蒼那會長、椿姬學姊，其實我也支持元士郎學長。』

『連留流子也這樣！妳們知不知道下一場比賽有多麼重要啊！』

真羅椿姬大喊的聲音當中帶著驚訝與憤怒，然而贊同的人只有越來越多。

『小桃和留流子都贊成的話，那我也贊成好了。』

『那麼，我也跟進。』

草下憐耶和巡巴柄也舉起手來推波助瀾。

『憐耶和巴柄也是嗎！』

面對贊同匙的人不斷增加的狀況，真羅椿姬煩惱不已。對於比任何人都努力保持冷靜的她而言，眷屬們這麼贊同匙的任性想必讓她感到滿心訝異吧。

由良翼紗同樣也表示支持之意。

『我一開始就支持元士郎──因為，元士郎眼裡一直都只有兵藤。我想，這種事情，在場的任何人應該都看得出來吧。』

除了蒼那和真羅椿姬以外的隊員都表態支持自己，這件事出乎匙的意料。

蒼那嘆了口氣，這麼問匙：

『匙，你是個聰明的孩子。你是明知道隊伍的戰術可能因此崩潰，卻還是如此要求……看來，你就是渴望能夠和一誠一戰到了這種地步是吧？』

匙緊緊握起手，說出自己的心聲：

『……第一次見到那個傢伙的時候，我原本以為他只是個普通的色狼。會被莉雅絲學姊選上只是偶然，身為赤龍帝也只是運氣好。』

聽說校內有名的色狼三人組之一成了惡魔，匙一開始是以輕蔑的眼光看待他。

但是，每次見到他，自己這樣的認知便逐漸被改寫──

每次發生事件，兵藤一誠便會挺身為了眷屬而行動，無論面對怎樣的敵人都毫不退縮地勇往直前，加深他與夥伴們的羈絆。

『可是，我錯了。那個傢伙會遇見莉雅絲學姊和愛西亞同學、潔諾薇亞同學都是必然。雖然是必然……但是截至目前為止，那個傢伙能夠跨越所有障礙，都是因為他本身埋頭苦幹的努力！還有拚命！竭盡全力！奔馳至今的緣故！如果……換成我是赤龍帝，站在那個傢伙的立場的話，一定半年就死了吧。』

……正因為一直近距離觀察，他才能夠理解。

兵藤一誠走過的這一年──是一連串宛如地獄的事件，照理來說死了才是理所當然的狀況。

儘管如此，那個傢伙還是活了下來……更搶在匙之前升上中級惡魔，最後更成為了上級惡魔。

蒼那說：

『沒錯。一誠他──毫無疑問的是個英雄。他體現了努力與奇蹟，一路爬到今天的地位。面對如此的對手，你──』

匙打斷了蒼那的話語，放聲大吼：

『我想打倒他……我們是同期啊。在同一時期變成惡魔。在同一時期拚命努力。在同一時期對抗敵人。也在同一時期跨越生死關頭。儘管如此，我還是贏不了那個傢伙！越是前進越覺得被他遠遠拋在後面！即使我變強一百級，那個傢伙也會變強超過一千級！』

兵藤一誠不斷引發形同奇蹟的現象，再加上不斷的努力，才會變得越來越強，這點匙也很清楚。

儘管如此，匙──還是他的同期。在同一時期成為惡魔。身上同樣擁有龍的力量，同樣成為上級惡魔的眷屬，同時加入了「D×D」小隊。

然而，匙的努力也不輸給他，參戰且生還的經驗也不輸給他。在惡魔的工作方面也為了不輸給兵藤一誠而拚命去做。

──即使做到這種地步，自己還是贏不了自己的同期、和自己同年的摯友，兵藤一誠。

『儘管如此，我……還是不想被那個傢伙甩在後面。為了站在同一個擂台上，抬頭挺胸地正面說出「我是這個傢伙的同期、夥伴、摯友」，我也不能輸給那個傢伙！』

正因為是朋友，才不想被甩在後面──

雖然不甘心，但這就是匙的真心話。

不想被同期的摯友甩在後面──想和他一起變強。想一直待在他身邊。

匙接著又這麼說：

『我終於得到這個在公開場合和那個傢伙對戰的機會了……我想和他打一場。一對一打一場。我想接續那天的未完之事，完成去年那場戰鬥，為那個時候雪恥！我想揍飛那個傢伙，證明自己不會輸給他！』

在比賽的對戰組合公布的那一刻，一股熱潮便從他的體內深處湧現。

浮現在腦海中的——是一年前在排名遊戲當中和兵藤一誠對戰，並且被打倒的自己。他夢見過當時的情景好幾次，在獨處的時候也總是會回想起來。

每次回想起這件事，他便滿心悔恨。

盤踞在心中的情緒，只有再和那個傢伙打一場才能夠消除，匙很清楚這件事。

這次對決的結果，是有可能讓自己比之前還要不甘心。但就算是這樣也好。

就算是這樣也好，現在——現在我只想把這股熱意傾瀉在那個傢伙身上。

我想讓那個傢伙知道我也變強了。

——我想不帶任何顧慮地和兵藤對決。

正當匙在對蒼那吐露心聲的時候，平常沉默寡言的狼人——路卡爾開了口：

『……主人，應該讓匙和赤龍帝打一場。』

平常很少說話的男人這麼說，讓大家嚇了一跳。

就連蒼那也對此感到驚訝。

『路卡爾，連你都這麼說啊。』

路卡爾把手放在匙的肩上，帶著銳利的眼神對蒼那說：

『因為同樣是戰士，我可以體會；不對，正因為同樣是男人，我能理解。這沒有道理可言。戰術、戰略，對於戰鬥而言確實都很重要。但有些事情無法靠這些解決也是事實。』

路卡爾把拳頭輕輕敲在匙的胸膛上。

『——男人總會有一個絕對不想輸的男人。既然如此，就只有一戰了。除了戰鬥以外，沒有任何方法可以排解這種心情。』

路卡爾的熱情話語——讓匙眼中泛淚。

『路卡爾……』

看著這一幕的新成員火照幸彥歪著頭，「嗯——」地表示疑惑……

『總覺得我好像懂，又好像不太懂……但是，我可以感覺到匙學長的意念有多麼炙熱！而且派龍去對付龍，會場的反應也會比較熱烈吧。』

——卻還是興高采烈地這麼說。看來念國一的他也已經有他的想法了吧。

班妮雅喝了一口茶之後表示：

『無論如何，能夠正面挑戰胸部龍的成員，也只有匙大哥了吧？』

班妮雅偶爾會出現這種冷靜的發言。

正如班妮雅所說，在這次會議上得到的結論也是這樣，能夠阻止身為天龍的兵藤一誠的，論實力也只有身為龍王的匙了。

聽了隊員們的想法，真羅椿姬也嘆了一口氣，坐回椅子上。無論自己說什麼，隊員們大概也聽不進去，剩下的就只能交給主人定奪了吧。

蒼那聽了匙和隊員們的意見──輕輕笑了一下。

『……真是的，匙和大家，還有我們的對手一誠，全都是些笨拙的孩子呢。』

蒼那調整了一下心情之後表示：

『基本上，我打算依照剛才討論過的內容因應比賽……但無論如何，能夠阻止一誠的，除了匙以外也沒有別人了吧。而且，知道你會出動的話──』

蒼那接著如此斷定：

『赤龍帝也將會獨自接受龍王匙元士郎的挑戰。我不認為他們「燚誠之赤龍帝」隊會加以阻撓。既然如此，我們也應該派你出去。排名遊戲的娛樂性也相當重。若是採取的行動有違看比賽的觀眾們的想法，也只會對我們造成弊害。因為，大部分的觀眾，想必都相當期待你和一誠的戰鬥吧。』

說到這裡，蒼那笑了開來。

『──不過這些只是場面話。我最自豪的眷屬吃了敗戰又一直無法扳回一城的話，我也很沒面子。匙，無論結果如何都沒關係。但是，你要展現出自己強悍的一面。要讓各勢力見識到，匙元士郎這個惡魔有多強──如此一來，就不會有人瞧不起你和我們了。』

聽了主人的想法，匙——落下男兒淚。

主人……蒼那．西迪，確實認同了匙的主張。

蒼那最後吩咐了他一件事。

『相對的，對一誠發動攻勢的時機由我來判斷。沒問題吧，匙？』

『是！』

蒼那和夥伴們接納了他可以說是唯一的一次任性，讓匙打從心底感謝大家——

在如此回想的同時，他和華穗和元悟的用餐時間也結束了。

接著，和弟弟一起洗好澡之後，匙對著擺在架子上的父母、祖父母的照片合掌一拜。

——爸爸、媽媽。謝謝你們賜給我神器。

一般認為「神器系統」是聖經之神的遺物。儘管如此，匙還是認為，賜給自己這股力量的，是生下他的雙親，還有將他養到這麼大的祖父。

因為有家人賜給他的力量，他才能夠讓華穗和元悟衣食無虞。

既然變成了惡魔，自己死後也無法前往和雙親以及祖父他們一樣的地方。所以，他再也見不到父親母親，還有祖父母他們了。

然而，即使如此，匙還是選擇了這條路——選擇了以惡魔的身分活下去的世界。

——我要維持住這個家。我要和華穗、元悟一起活下去。

……但是，自己變成了惡魔，就表示華穗和元悟會老得比自己快，走得比自己早。能夠在一起的時間——說不定不到八十年。

看著一直和年輕的時候沒有兩樣的自己，他們還願意稱自己為「哥哥」、「家人」嗎？

這一直是匙唯一害怕的一件事——但是，現在匙可以斷言，即使他們不願意也無所謂。

——就算他們之後開始怨恨我，只要他們兩個可以活得好好的，只要他們能夠成長為頂天立地的大人……這樣就夠了。只要華穗和元悟能夠健健康康地活著，無論自己碰上何種遭遇都無所謂。

然而，儘管抱持著這樣的心態，匙還是訂立了自己的目標。

——爸爸，我也想當「老師」。早知道就該多問問爸爸為什麼會選擇當老師了，我一直為此感到很後悔……如果我也當了「老師」，是不是就能稍微了解爸爸的心情呢？這樣一來，我是不是就能告訴元悟了呢？

同時，他的心裡還有另外一股不同的熱潮從體內深處湧現。

——不過，爸爸、媽媽、爺爺、奶奶，下一場比賽有著和夢想一樣令我期待、令我非常渴望的事物。

浮現在匙的腦海裡的——是他想打倒的同期、可靠的夥伴、最要好的摯友的身影。

華穗看見匙在對雙親祈禱，便問：

「元哥對爸媽說了什麼？」

「我和他們約好，明天要揍兵藤一拳。」

「明天我把元悟託給隔壁的老奶奶照顧之後，會找個空檔過去看一個小時比賽。蒼那小姐也給了我轉移魔法陣。」

「……如果老奶奶願意的話才可以喔。」

「嗯，在我過去之前不可以輸喔。」

「那當然了。」

匙非常期待明天的比賽——

因為又可以和那個傢伙互毆了——

Team member.

○「燚誠之赤龍帝」隊・大會登錄成員

・國王——兵藤一誠
・皇后——維娜・雷斯桑
・城堡——百鬼勾陳黃龍
・城堡——爆華・坦尼
・騎士——潔諾薇亞・夸塔
・騎士——紫藤伊莉娜
・主教——愛西亞・阿基多
・主教——蕾維兒・菲尼克斯
・士兵「4」——羅絲薇瑟
・士兵「2」——愛爾梅希爾德・卡恩斯坦

○「蒼那・西迪」隊・大會登錄成員

・國王──蒼那・西迪
・皇后──真羅椿姬
・城堡──由良翼紗
・城堡──路・卡爾
・騎士──巡巴柄
・騎士──班妮雅
・主教──花戒桃
・主教──草下憐耶
・士兵「5」──匙元士郎
・士兵「1」──仁村留流子
・士兵「2」──火照幸彥

※1・「燚誠之赤龍帝」隊的羅絲薇瑟選手和百鬼勾陳黃龍選手，這次交換了位置。
※2・匙元士郎選手的棋子價值（大會標準），主要是基於寄宿於其身的龍王弗栗多正式復活而定出。

※3・「蒼那・西迪」隊的「士兵」位火照幸彥選手並非蒼那選手的眷屬，而是隊員。

Line.4 復仇之戰開始！

比賽當天──

我們「燚誠之赤龍帝」隊來到了比賽會場，位於冥界墮天使領的「阿瑪洛斯競技場」。

這個圓形競技場冠上了那個特攝幹部，也就是使用反魔法的神子監視者幹部的名字。

正門兩旁矗立著巨大的阿瑪洛斯雕像，感覺雕像似乎隨時會發出「哈哈哈哈哈哈！Gri──gori──！」的喊叫聲。

我們已經在賽場內排好，比賽即將開始。

「燚誠之赤龍帝」隊與「蒼那・西迪」隊的所有成員，都已經聚集在圓形競技場的中央舞台了。

兩隊面對彼此排成兩排，等待那一刻到來──

負責實況轉播的墮天使對著麥克風放聲大喊：

『到場的各位！「阿撒塞勒杯」的比賽今天也將開始！今天的比賽，是眾所矚目的「燚誠之赤龍帝」隊，對上魔王利維坦之妹，也是「新生代四王」之一的──「蒼那・西迪」隊的戰鬥！那麼，接下來開始決定這次的對戰規則！』

各種規則在圓形競技場的巨大螢幕上高速轉動。

不久之後，規則決定了。

出現在螢幕上的是──「一日長戰」！

對於這個規則不只我們的隊伍，就連西迪方面也皺起眉頭。

這也是我第一次碰上這個規則……不過竟然是這個！

轉播員大吼：

『規則決定是「一日長戰」了！想不到啊想不到！這下不得了了！如同名稱所示，這個規則是花費一整天的超長期戰！』

沒錯，這個規則和之前塞拉歐格隊和曹操隊的對戰規則「閃電快攻」正好相反！是設定了超長時間──一整天的限制時間，在這段期間內走遍極為廣大的領域，打倒對手的規則。

由於準備的領域會非常大，搜索敵人的能力變得相當重要，更考驗選手的毅力和耐力。

……不過，職業賽的規則當中還有長達數日的規則……以各種意義來說，排名遊戲也是體力和毅力的世界呢。

『呃──敬告觀眾席以及電視機前面的各位觀眾，由於採用這個規則，長時間的──』

在轉播員對觀眾說明規則的時候，我和前方的蒼那學姊對上了眼。

……由於我們彼此都是「國王」，以站位而言，蒼那學姊就在我的正前方。

蒼那學姊正面對我說：

「一年前，莉雅絲介紹給我認識的一誠，現在已經像這樣成了『國王』，率領敵隊站在我的眼前，當時我還真是無法想像──恭喜你走到這一步。」

──！

……對於我成為上級惡魔之一表示歡迎的這番話語，讓我高興到眼淚差點奪眶而出……但我得忍住。

蒼那學姊的表情一變，變得充滿戰意，接著又這麼說：

「既然你站在我的面前，為了實現我們的目標，我就得打倒你。」

這次是平靜而單純的宣戰詞。

我也正面說了：

「──會贏的是我們。」

我也看向匙，彼此互瞪。

「匙，把一年前那場打完吧。」

「好啊，如我所願，兵藤。」

確認過彼此的戰意，雙方隊伍都氣勢大振的時候，轉播員的聲音正好如此宣告：

『那麼，接下來將轉移到領域去！轉移過去之後可以在本陣取得載明領域地形的地圖，請參考地圖掌握地形。那麼——』

轉移之光籠罩住我們的身體。

『轉移開始！』

在逐漸擴張的轉移之光當中，我看向蕾維兒。

蕾維兒露出淺淺的微笑——因為抽到的是「她所期望的」類型的規則。

我回想著之前討論過的，蕾維兒的作戰計畫。

當時，蕾維兒拿出西迪隊的戰績表給我們看。

『這是西迪隊的戰績……各位看了有沒有什麼發現？』

看了戰績表，羅絲薇瑟似乎立刻有了發現，說出她的感想。

『原來如此，面對擁有高火力攻擊手段的隊伍，他們的比賽勝率就不太好。』

——！

這樣啊，對上擁有強大攻擊利的隊伍就會輸是吧。

蕾維兒說：

『是的，這是西迪隊一個很大的弱點。事實上，他們在面對擁有強大的攻擊手段，同時在戰術方面也相當紮實的隊伍時，表現並不出色。畢竟他們能對付的力量水平有其極限。』

聽蕾維兒這麼說，伊莉娜露出一臉意外的驚訝表情。

『咦？所以說她們不太會對付我們這種靠力量硬吃的隊伍嗎？我還以為她們這支隊伍專門運用反擊和各種技術來對付只靠力量的對手呢……所以莉雅絲小姐她們那個時候才陷入苦戰不是嗎？』

對於伊莉娜的意見，蕾維兒搖了搖頭。

『那場比賽只是因為破壞領域會被扣分才陷入苦戰。當然，對方也會準備足以顛覆力量的招數……不過也只能夠對應到一定的水平而已。我們這邊有一誠先生和維娜大人那種凶惡的攻擊力。正面接招反而是對方會被轟飛。』

蕾維兒露出無所畏懼的笑容，如此表示：

『我當然也想好要怎麼對付在破壞領域方面有所限制的規則了，但要是沒有那方面的限制的話——我就要準備徹底摧毀。』

當時的她，散發出令人毛骨悚然的氣息。

在輸給杜利歐的隊伍……不對，是輸給魯迪格．羅森克魯茲的時候——蕾維兒得到了某些事物，也拋開了某些事物。

接著，我們在轉移到本陣後，看見的是確認過領域地圖的蕾維兒——決心堅定的眼神。

Opening.

轉移到目的地之後，蒼那・西迪立刻稍微確認領域。

他們西迪眷屬的所在之處，似乎是在高聳的懸崖之上。在排名遊戲當中，經常將本陣設置在這種能夠瞭望遠方的位置。

蒼那個人不太喜歡將本陣設置在這種位置。因為位置越是顯眼，越容易成為對手的目標。

不過，排名遊戲是一種娛樂。想將本陣設置在觀眾可以清楚看見的位置也是營運群的本意，也有必須這麼做的苦衷。

蒼那大略瀏覽了一下顯示在本陣的桌子上的地圖。領域是廣大的高原。上面有河流也有森林，東北方和西南方的位置還有山峰。領域依照西洋棋棋盤的格子區分為好幾個區域。

此外，以西洋棋棋盤來說，己方目前位於e8的位置。相對的，兵藤一誠的隊伍似乎是轉移到d1去了。是相當典型的本陣位置。他們事先擬定好的作戰計畫應該有很多都可以直接套用。

根據說明，從其中一端飛到對面去需要花上將近一個小時。這片土地就是如此廣大。為了長期戰鬥做準備，她想先行設定好休息據點，並且趁早搶下這次遊戲當中應該也有準備的恢復點。

對方自己有恢復能力，所以肯定會採取封鎖己方恢復手段的行動。如果是這樣的話，就依照事先準備好的作戰計畫在那裡設下陷阱——

就在這個時候。

匙和狼人路卡爾似乎感覺到什麼，雙雙看向南方。匙的雙眼變成了弗栗多的紅眼，讓蒼那知道是龍王有了某種感應。

正當蒼那和夥伴們心裡還在狐疑的時候——

匙和路卡爾大喊：

「快點離開這裡！」

「那些傢伙……！他們是瘋了嗎！」

匙和路卡爾板起臉來。知道事態非比尋常，蒼那只有從桌子上拿走地圖，便趕緊離開現場。

「動作再快一點！」

在匙的催促之下，所有人儘管疑惑，還是全力離開現場。

剎那間——南方亮起某種閃光——

出現在蒼那等人眼前的，是威力與規模都超乎常軌——夾雜著黑與紅的氣焰奔流！

看來這股壓倒性的異常破壞力，對準了他們剛才的所在地，從南到北一直線發射過來！

極為龐大的擬似龍神化砲擊結束之後——剩下的是空無一物的荒地。廣大的高原領域從南方被一直線剷平，林木與川流也都全部被刨除，只剩下被轟開的土地裸露在外。

……在對上「雷光(lightning)」隊的時候展現出來的那種，將領域上的一切全部剷除的破壞行動，兵藤一誠隊這次也施展出來了。

從南方發射的砲擊直線達到北端，將中間原有的一切事物全部清空了。

對於這樣的結果，「皇后」真羅椿姬感到戰慄。

「沒想到居然第一招就是毫不猶豫地發出龍神砲擊……」

蒼那也如此低吟：

「……我是有預料到在某些規則之下他們可能會在初期就使用砲擊……不過，這也太大膽了。」

為了即刻了解損壞狀況，蒼那命令「主教」草下發出她的面具人工神器。

草下散布了為數眾多的面具，開始確認領域的狀況。不久之後，她指出了令人驚愕的事實。

「會長。兵藤那足以破壞領域的砲擊……看來，不只是一直線射出而已。」

草下在攤開的地圖上標示出從上空確認到的狀況。她拿起筆畫出線條——標示出來的線條，顯示出從南方發出的砲擊有三道。

首先，d和e的直行被直線砲擊幾乎清空。此外，從南方往東北、西北的位置也有斜向的直線砲擊痕跡。也就是說，對方從南方朝三個方向發射了砲擊。

兵藤一誠恐怕是將龍神化的四門砲管其中兩門指向北方，另外兩門分別指向東北和西北，如此發出了砲擊吧。

「這就表示，領域上冒出了三條線嘍？」

看著地圖，仁村留流子順著砲擊的軌跡描了過去。

「不過，能夠從領域的一端抵達另外一端的砲擊實在令人驚嘆。讓人不得不面對自己是在對付神級選手的事實。」

由良翼紗一臉凝重。

沒錯，這種砲擊極具威脅性。他們也認為這是對手最需要提防的一招。因此，對於敵人會在什麼時機使用，他們也做了不少猜測……

既然一開始就開砲了，下次完成能量充填不知道要花多久時間……現在的兵藤一誠的擬似龍神化的相關資訊，她不是很清楚。最近沒有恐怖攻擊，「D×D」幾乎沒有在活動，所以沒有分享這方面的資訊。

在之前的比賽當中，或許是受到搭配的對手的影響吧，他也很少使用龍神化，所以無法作為參考，這次更是他們第一次打時間這麼長的比賽。

無論如何，對方都無法立刻發出第二次那種砲擊。因為，至少可以確定他還沒有正式達到龍神化的境界。

蒼那開始思索。對方一開場就這麼做的理由——

——砲擊的軌跡、第一招就是砲擊的理由……

蒼那看向地圖，描著砲擊的軌跡。

在考慮到現在的地圖上被刨成空無一物的部分之後——蒼那赫然驚覺到一件事。

「…………！」

……好驚人的女孩啊，蕾維兒．菲尼克斯。

莉雅絲是將壓倒性的火力組合在自己的戰術計畫當中，對抗對手的戰術。而她，蕾維兒．菲尼克斯，則是以壓倒性的火力…………！

稍微理解了蕾維兒的思維，讓蒼那只能低吟：

「看來，蕾維兒小姐打從一開始就不打算和我們拚戰術。」

『——！』

蒼那如此表白，讓所有隊員都大吃一驚。

隊員們都認為，蕾維兒．菲尼克斯和蒼那一樣，是那種擬定作戰計畫，逼到對手無路可退的惡魔。正因為如此，他們才認為蕾維兒是對方的重心。

蒼那盯著地圖說：

「她打算以壓倒性的火力，完全封殺我方的計畫。換句話說，她決定製造出對己方有利的地形。」

對手以剛才的砲擊，硬是製造出對己方有利的條件。

草下突然大喊：

「會長！有一大群蝙蝠從南方飛來了！」

——！

……應該是愛爾梅希爾德．卡恩斯坦的蝙蝠吧。那些是——兼具搜索敵人作用…………不對，還有更在那之上的作用！

蒼那順了順呼吸，努力維持冷靜。

…………第一招就這麼厲害啊。

——蕾維兒．菲尼克斯並未將龍神化砲擊用作攻擊手段。

蒼那再次體認到，莉雅絲眷屬和赤龍帝眷屬之間的決定性不同。

如果是莉雅絲，擬似龍神化這種王牌，應該會用在重要場合，當成決定性的必殺技吧。

蕾維兒就不一樣了。對她而言，王牌也不過是手上的一張牌罷了。為了掌控局面，即使是在初期也會毫不猶豫地打出王牌。

……看來，耍小手段對蕾維兒．菲尼克斯似乎不太管用。

對方不是來「打倒」我們的。

——而是來「摧毀」我們的。

在此前提之下，蒼那開始思索打破如此困境的作戰計畫——

Line.5 領域崩壞

我們兵藤一誠隊在轉移過來之後便依照蕾維兒的指示開始行動。

首先，我完成了擬似龍神化，朝三個方向發出砲擊，在領域當中的廣大土地上刨出三道痕跡——

發完∞爆擊砲之後——前方空無一物的景象讓人看了只能乾笑！原本在砲口前方的森林、河川、平原全都消失了，只剩下毫無遮蔽物的荒地。

……儘管是自己的攻擊，我也覺得這招相當鬼扯。不過，砲擊結束之後也沒有傳出對方的淘汰廣播，就表示這招並沒有對西迪隊造成任何打擊。

但是，如果一切如同蕾維兒所料想，這招可以對他們施加更嚴重的限制。

在大家都依照蕾維兒的指示各自進行準備工作的時候，愛爾梅希爾德在本陣的一角專心施展著吸血鬼的術法。

她的紅色眼睛發出光芒，同時輕聲這麼說：

「……蝙蝠都已經就定位了。」

蕾維兒點了點頭。

「我知道了，謝謝妳，愛爾梅希爾德小姐。百鬼先生，你那邊呢？」

在本陣的另外一個角落，百鬼正在打坐，雙手結著印，以他為中心展開著術法陣。

百鬼閉著眼睛說：

「……蝙蝠丟下去的符已經全部連結起來了。總之，只要有任何人通過兵藤學長刨開的領域，全都在我的掌控之下。不過，如果是飛在天上的話就在我的管轄範圍之外了。」

蕾維兒看著地圖說：

「空路有愛爾梅希爾德小姐的蝙蝠繼續監視。然後，百鬼先生，還需要花多少時間才能夠在整個領域搜索敵人呢？」

「……這個領域相當廣大。或許得花上五六個小時吧。」

「那麼，請你花五個小時完成。」

「了解了解。順道一提，死神也在我的管轄範圍之外。因為我不知道那到底是用走的還是用飄的。」

「我知道了。這個部分我也會以愛爾梅希爾德小姐的蝙蝠，還有其他方式設法應對。」

蕾維兒淡定地推進作戰計畫。接著，她看向北方。

「維娜大人，您那邊的情況怎樣？」

『剛抵達領域中央的上空。』

對講機裡傳出維娜的聲音。維娜也已經開始移動，目前已經在領域中央的上空高處待命。

「那麼，請繼續依照作戰計畫行動。」

蕾維兒就像這樣不斷掌控所有人的狀況。

進攻組為了隨時可以開始行動，各自以自己的放鬆方式等待那一刻到來。

不過……蕾維兒在轉移到本陣這裡來之後立刻確認了地圖，深思了一陣子之後，開始告知我們作戰計畫。

告知先從衝擊性的一句話開始。

『不和蒼那學姊比戰術？』

聽了蕾維兒的宣言，我如此驚叫出聲。沒錯，她一開口就表示「我們不和蒼那大人比戰術」。

接著，她更如此說：

『是的，我知道蒼那大人準備的作戰計畫和對策有多麼多樣化。我想她會採用確實地逐漸削減我們的戰力的方式。因為，既然在力量方面不如我們，她們也只能依靠出招次數來進攻了。我不認為在戰術的縝密度上能夠贏過蒼那小姐。既然如此，我決定一開始就連同戰術的基礎完全推翻掉。』

蕾維兒抵達這個領域之後想出來的作戰計畫如下。

首先，由我龍神化，朝三個方向發出破壞領域的砲擊，目的是將前方的林木和河川完全摧毀，轟到空無一物。

如此一來，就會在領域上挖開三條直線。

蕾維兒拿出依照西洋棋棋盤分格的地圖，將己方陣營圈了起來，然後往三個方向畫出直線和兩條斜線。

於是，地圖上就出現了四個近乎直角的三角形。

蕾維兒指著中央北方的兩個直角三角形。

『既然敵隊逃過了剛才的砲擊當中朝北邊發出的砲擊，就表示他們潛伏在這兩塊領域的其中一邊。所以，我們將這條線——∞爆擊砲清空的部分定位為界線，將羅絲薇瑟小姐以魔法強化過的愛爾梅希爾德小姐的蝙蝠以一定間隔配置在這條線上。』

的確，既然剛才的砲擊之後沒有淘汰報告，西迪隊應該是在中央北側的兩個直角三角形領域的其中一個才對……

蕾維兒繼續說：

『大量的蝙蝠負責從上空監視。如果對方試圖跨越界線離開中央的三角形區域的話，我們就可以掌握其位置。如果不跨越界線，而是在三角形區域內直線朝我方本陣南下的話，我們只要做好準備迎戰就可以了。』

羅絲薇瑟說：

『如果蝙蝠遭到攻擊……光是這樣也足以讓我們更容易發現對手所在的方向是吧……』

而且既然羅絲薇瑟用魔法強化過蝙蝠的話，應該必須有相當的攻擊力才足以破壞，想要偷偷擊落蝙蝠大概很困難吧。

蕾維兒看向百鬼。

『可以讓蝙蝠攜帶擴張百鬼先生的術法範圍的符咒嗎？』

『可以是可以，不過要做什麼？』

對於百鬼的問題，蕾維兒以手指畫過我挖出來的三條空蕩蕩的界線，同時表示：

『請你從這三條線掌控敵隊在地上的動態。』

大概是約略了解到蕾維兒真正的意圖了吧，百鬼摸著下巴說：

『——卡恩斯坦負責從空中監視，我則是負責從地面監視啊。妳是要我施術連接這些界線，探查附近的氣息是吧。然後，妳該不會還要我張設結界吧？』

蕾維兒點頭回應百鬼的發言。

『是的。請百鬼先生施術連接這三條線，最終目的是要覆蓋住中央的兩個三角形區域，藉此封鎖對手的行動。』

……根本就是天羅地網！而且還先用我的攻擊破壞地形，改造成符合我們的作戰計畫的領域！

蕾維兒接著說：

『在這段時間內，請一誠先生好好休息，不要隨便行動。等到龍神化的力量恢復到一定程度之後，接著就朝西迪隊所在的領域發射第二次砲擊。正因為採用的是耗時一整天的規則，才能夠實現這種作戰計畫。』

也對，有一整天的話確實可以恢復到一定程度吧。考慮到這個層面，確實也是一開場就出其不意地趁早開砲比較好。

蕾維兒說：

『——對方大概也想像得到這一招，所以應該會在時間限制到來之前先發動攻勢吧。如果是這樣的話我還有其他方案可以因應。另外還有一件事——』

蕾維兒指向上空。

『我想請維娜大人在三道界線的中央上空待命，取得制空權，以便隨時轟炸。』

『『『『『『『……………』』』』』』』

所有人聽了蕾維兒的作戰計畫都為之屏息。

這完全是要減少對方的選項，由我們掌握步調的計畫。

蕾維兒收起地圖，望著大家的臉孔說：

『既然對方擅長以技巧封殺力量，我們就以火力轟到他們的技巧——不對，是將整個戰術一起轟到灰飛煙滅。』

蒼那學姊看了地圖，想必建構出許多戰術和陷阱吧。但蕾維兒選擇不和她正面衝突。因為她明知道在戰術方面難免落於蒼那學姊之後。

所以，為了在交戰之前就讓對手無計可施，她決定將整個領域完全摧毀。

——這種擬定戰術、戰略的方式，和莉雅絲有決定性的不同。

聽了蕾維兒的作戰計畫，百鬼也有點嚇到。

『哎呀——太嚇人了。』

如此這般，我們轟了∞爆擊砲，派出蝙蝠……順利地依照蕾維兒的作戰計畫展開行動。

在今天之前，蕾維兒對大家下達的指示都發揮了功效。

愛爾梅希爾德大概是因為進行了操控蝙蝠的特訓吧，她現在能夠派出一大群蝙蝠，行動範圍也相當廣大……不過，她的表情顯得相當難受就是了。

百鬼也正在打坐，專心施術……根據剛才的說明，三道界線姑且不論，要讓意識完全與中央的三角形區域同步，得花上五個小時……

而正在施術的百鬼瞄了我一眼。

大概是因為要長期抗戰，所以想要找人陪他聊天吧。於是我對他說：

「百鬼的能力還真方便呢。只要腳踏實地，就可以像聲納一樣知道找到對方的所在地對吧？」

「是啊，對方的力量越強，就越容易透過地脈讓我感應到。距離夠近的話在某種程度上還可以掌握到腳步聲之類的資訊就是了。腳步聲還會透露出對手的狀況。而且要是鑽進地底我也可以知道。不過，我不覺得對方會為了跨越界線做到那種程度就是了。」

……蕾維兒大概連這些都考慮到了，才會拜託百鬼監視地面（還有地底）吧。

百鬼說：

「歷代的『黃龍』繼承人當中，還有人可以透過地脈，吸取遠方目標的生氣呢。」

「……那還真是可怕啊。」

不過反過來說，就是可以吸取遠方目標的力量，藉此打倒對方嘍。

就在我們兩個男生如此對話的時候，潔諾薇亞對我招了招手。

我走了過去，問她「幹嘛」。

潔諾薇亞看著蕾維兒問我：

「一誠，我想問你一件事。這場戰鬥，如果是莉雅絲主人對上蒼那前會長的比賽——如果我們是在莉雅絲主人的隊上戰鬥的話，你覺得初期會是怎樣的局面？」

她想問這種問題啊……

我想了一下之後開了口：

「如果是莉雅絲，應該會正面和蒼那學姊比戰術吧。畢竟她們從小一起長大，彼此也很了解對方。」

「一誠的龍神化砲擊，原來還有這種運用方式啊……真不知道蕾維兒是怎麼看待我們的力量。」

居然不用龍神化的火力來攻擊，而是用來封鎖敵人的行動。我和莉雅絲大概不會想到這一步吧。我們頂多當成最終手段，當成必殺技來運用。

蕾維兒也對羅絲薇瑟下達指示。這次的比賽，羅絲薇瑟是「士兵」。「城堡」位換成了百鬼。

「羅絲薇瑟小姐，希望能有這個榮幸請妳在時機成熟的時候趁隙進入對方的陣地。接著在升變為『皇后』之後，解放『主教』與『城堡』的能力並隨機應變，負責支援夥伴們並且擔任攻擊手之一的位置。」

「好的，我知道。」

她大概是打算讓羅絲薇瑟升格為「皇后」，提升整體能力吧。

在這之後的幾個小時內，我和西迪隊都持續保持沉默——

大概過了四個小時左右。

領域裡產生了變化。負責觀測敵人動向的愛爾梅希爾德和百鬼接連開了口：

「——東側區域有幾個人影跨越了中央的界線，往西側移動。」

「我也感應到氣息和腳步聲了——這是仁村吧。還有……」

「我還看到花戒桃小姐和由良翼紗小姐。」

——愛爾梅希爾德和百鬼分別如此報告。

……既然如此，蒼那學姊所在的位置，亦即西迪的本營是在東側的三角形區域嘍。

她們往西側移動的目的……

我也看著地圖，關注著西側的某個定點——是恢復點。

前往恢復點可以治療傷勢……是有人受傷了嗎？還是想占領那裡呢？

至於蕾維兒——她看著前方的領域，沉思了一陣。

「……百鬼先生的術法範圍抵達己方潛伏的區域所需的時間，對方大概也略知一二吧。畢竟對方有五大宗家的真羅椿姬小姐在，對日本的術士有所了解的成員也不少。話雖如此，他們真的是為了占領恢復點而行動嗎……？」

蕾維兒沉思了好一陣子……然後再次仰望上空，注意著維娜的動向……

接著，她看向我、伊莉娜，還有羅絲薇瑟。

「那恐怕是對方的誘餌，或是陷阱吧。既然如此，我們也保持警戒，出去探一探對方好了。一誠先生、伊莉娜小姐、羅絲薇瑟小姐，請你們三位去仁村小姐她們那邊一探究竟。」

喔喔，終於要正式開始行動了啊。

蕾維兒做出指示：

「一誠先生沒有個萬一應該不至於遭到擊破，不過還是小心為上。當然，也不可以使用部分龍神化。伊莉娜小姐……請立刻使用『那一招』。羅絲薇瑟小姐負責支援他們兩位。」

「「「收到！」」」

蕾維兒又對潔諾薇亞和爆華說：

「爆華先生請載著潔諾薇亞小姐，到對方可能潛伏的區域上空大範圍飛行。在空中發現對方的動態，就隨時回報。」

「「收到！」」

雖然還很粗略，不過沒想到可以像這樣直接掌握到對方的所在位置啊……

如果只有我的話，就算有了地圖也完全想不到該怎麼和對方接觸吧。

改造出對自己有利的盤面是吧——

在感覺到經紀人兼眷術兼軍師的蕾維兒有多麼可靠的同時，我離開本陣，開始搜索敵隊成員。

我和伊莉娜、羅絲薇瑟三個人拿著地圖對照愛爾梅希爾德與百鬼的情報並且向蕾維兒逐一回報，同時在西北方的——以西洋棋棋盤來說就是位於c5附近的森林當中前進。

蕾維兒還說可能會有草下的面具在附近飛，吩咐我們要當心……

就算是面具，應該也沒辦法躲過愛爾梅希爾德和百鬼的監視吧？——我這麼一問，結果得到的答案是仁村她們可能在跨越界線移動的時候帶了幾個。

……我的經紀人小姐還是一樣，就連這種小細節都不放過呢。蕾維兒認為，她們透過對付恐怖分子的經驗，在這方面得到不少鍛鍊。

……蕾維兒雖然不是「D×D」的一分子，卻相當留意西迪眷屬呢……

根據蕾維兒的預測，西迪眷屬很可能正在前往位於我們的前進方向的恢復點。

當然，對方也是有她們的意圖才會往那邊前進。對於沒有恢復手段的西迪眷屬而言，恢復點相當重要。一方面大概是想搶先占領，不過也有可能反過來利用那裡當作埋伏我們用的陷阱據點。

……無論如何，蕾維兒都表示「想要設法處理」那個恢復點了。

走在森林裡面，我們來到一個比較開闊的地方。

——我們抵達的是有著池水的地點。

似乎是有察覺到氣息，伊莉娜看向池畔。

站在池畔的——是仁村和由良。

還有另外一個人，花戒應該也到這一邊來了才對……不知道是一個人離開這裡執行任務，還是躲在暗處伺機而動。

由於沒看到花戒讓人覺得不太對勁，我對伊莉娜和羅絲薇瑟使了個眼色，彼此確認這件事。

仁村雙手抱胸，大大方方地表示：

「沒想到來的居然是伊莉娜學姊和兵藤學長跟羅絲薇瑟大姊，真是超乎預期呢！」

語氣也是活力十足呢。比賽當中還是這麼充滿朝氣。

接著她又問：

「你們沒想過可能是陷阱嗎？」

我毫不掩飾地說：

「——我的經紀人說，就算是陷阱也希望我們可以徹底粉碎。」

聽我這麼說，仁村毫不畏懼地揚起嘴角。

「蕾維兒……真不像是和我同年紀的女孩子呢——真心累。」

真心累……就是「真的覺得很辛苦」的意思吧。我覺得，仁村在就讀駒王學園的超自然陣營成員當中也是最像高中女生的一個。

伊莉娜展開天使的羽翼，手拿奧特克雷爾，以劍尖指著仁村和由良。

「呃……雖然很瞎，不過還是得打！」

……不需要跟她拚流行語喔，伊莉娜。

「……真是的。」

由良在嘆氣的同時，靜靜變出她的人工神器盾牌。精靈與榮光之盾（twinkle aegis），能夠透過與精靈締結契約的方式發揮各種防禦特性的盾牌。還可以像溜溜球一樣飛射出來。

仁村也在雙腳裝備了人工神器腳甲。玉兔與嫦娥，能夠使速度以及格鬥能力得到飛躍性提升的人工神器。

我也迅速完成禁手化，穿上鮮紅色的鎧甲。

羅絲薇瑟也在手邊展開魔法陣，做好戰鬥的準備。

——這時，仁村的氣焰開始高漲，並且一口氣綻開！

「——鬼手化（balance adjust）！」

在她如此吶喊的同時，腳甲型的人工神器產生了變化！

腳甲的形狀變得更加華麗，經過了升級，護甲的部分更延伸到上半身。腰部、胸口、雙手上也都出現了鎧甲。

仁村得意地比出勝利手勢，並且這麼說：

「這就是我的鬼手，『玉兔與嫦娥與巨蟹（hyper procellarum phantom）』！前面冠上了hyper喔！」

她也太得意洋洋了吧……新學生會的氣勢還真是和去年差很多呢！

在我冒出這種感想的同時，戰鬥開始了。

持盾的由良交給羅絲薇瑟和伊莉娜負責，我則是負責對付仁村。

或許是因為變身為鬼手了吧，仁村的速度變得比以前還要誇張，單就瞬間速度而言比真「皇后」的我還要快！她無聲無息地消失，在我身邊不斷移動的速度快到連氣息也難以掌握的境界。

肉眼根本不可能看得到，這點讓我聯想到木場……不過已經很習慣和這種對手戰鬥的我，讓全身上下的氣焰不住翻騰——然後一口氣發出廣範圍的波動！

點不行就靠面的理論！我認為神龍彈打不中，所以就改用大範圍的攻擊！

對方似乎也了解了我的意圖，拉開距離，逃到我的攻擊範圍之外。而我沒有錯過這個機會，一口氣跟了過去！

「好快！」

從對手的角度看來，感覺就像是才剛躲過大範圍的攻擊就瞬間被逼近了吧。只論直線動作的話，我有自信不會輸給仁村。

我在右手上灌注氣焰，朝仁村打了出去！

然而，我的拳頭揮了空──將仁村原本的所在位置附近的林木轟了個稀巴爛。

「喝呀！」

已經繞到我背後的仁村往我的背上踢了一腳！這一腳相當不錯……但是還不足以對我造成傷害。我立刻轉身，順勢打出一拳！

這拳「嗡──！」地大幅震盪了空氣。衝擊波影響到遠在前方的大樹，在樹上挖開一個大洞。

仁村見狀不禁苦笑。

「……感覺就像和終極大魔頭對戰似的！而且還是會變身好幾段的那種！」

我就當作她是在稱讚我好了……

接著，仁村對我出言挑釁。

「──請用洋服崩壞（dress break）。我要讓你知道，那招對我不管用。」

──！

……我完全沒想過會被這樣挑釁！

「有意思！沒有女生可以抵擋我的必殺技！」

我決定順應她的挑釁！

接下來我便發揮色狼的毅力，一心想著務必要脫光仁村而傾注全力，以更勝剛才的刁鑽動作跟上對手的高速戰鬥！

仁村瞬間繞到我的背後時，我也拿出真本事從原位消失，反過來繞到仁村的背後！

「發揮出色狼力量之後，動作簡直判若兩人呢！」

首當其衝的本人儘管驚訝，卻也一副樂在其中的樣子。

可惡！看來她是有自信不讓我碰到，才那麼游刃有餘吧！

我減少更多不必要的動作，發揮出快到肉眼無法辨識的速度。

終於，我完全跟上了仁村的行動，找到破綻，碰到她的肩膀了！

我立刻發揮妄想能力，解放氣焰！

「——看招，洋服崩壞！」

我彈了一個響指，準備發動術法！

——然而，仁村的眼睛一亮，如此宣言：

「我就是在等這個時候！」

仁村從兩邊的腳甲噴出大量的氣焰，原地開始施展迴旋踢。我們之間隔了一段距離，我也不知道她為什麼要在那裡施展踢腿，然而應該只會揮空的踢腿──卻發出「啪」地一聲彈開東西的聲音。

隔了一拍，尖叫聲在別的地方響起。

「呀啊啊啊啊啊啊啊啊啊啊啊啊！」

我轉過頭去──發現伊莉娜的衣服爆成碎片，變得一絲不掛！

喔喔，雖然說我經常在看，她的天使身材還是讓我覺得相當完美，完全看不膩呢！

這讓轉播員也放聲大喊：

『喔喔──！這個狀況……應該是伊莉娜選手的衣服被兵藤選手的招式爆開了吧？基於遊戲的性質，現在應該也有很多小朋友在收看，所以比賽當中發生有礙觀瞻的情事時，就會立刻進行影像處理，採取保護隱私措施。各位現場觀眾、電視機前面的觀眾，敬請見諒。』

啊，雖然轉播員叫得很大聲，但是影像馬上就經過處理，不像正在比賽的我們看到的這樣是吧。

也是，有小朋友在看，總不能讓他們觀賞整顆胸部彈出來的畫面吧！

全冥界的爸爸們請放心，有我代替你們看！

更重要的是，仁村破解了我的洋服崩壞！

我確實以仁村為目標滿足了術法的條件，但是在那一踢之後爆開的卻是伊莉娜的衣服！

仁村得意地說：

「哼哼哼！現在的我的踢腿，就連兵藤學長的猥褻招式都可以踢飛！」

另一方面，伊莉娜也對我抗議。

「喂，達令！你破壞我的衣服幹嘛啊！未來妻子的裸體被其他人看光你也無所謂嗎！」

當然有所謂，不過現場除了我以外都是女生，妳就饒我一次吧！

……不過，我這招堪稱無敵的洋服崩壞竟然失效了！不對，也不是失效。事實上伊莉娜的衣服確實爆開了。換句話說……既然無法讓這招失效，只要彈開就可以了是吧。

我在其他比賽也看過仁村的人工神器的禁手，也就是鬼手……但沒想到，那居然連術法和招式都能夠彈開……不對，應該說是踢開。仁村的鬼手的特性，應該是直接反彈各種術法和招式，或是改變其軌道吧。

思考到這裡，我改變了想法，對仁村宣告：

「可是，在這種時候放棄的話，會讓我名聲掃地！我要一直出招到命中妳為止！」

對於我的宣言，仁村嚇到眼珠都快要蹦出來了。

「真的假的！這就是將色狼精神發揮到極致了是吧！」

我不予理會，衝了出去，再次奮力試圖抓到仁村，到處高速移動！

「喝呀！」

就算偶爾被她踢到，那種踢腿對於完全發揮出色狼毅力的我也不管用！

「有了！」

我再次成功碰到仁村了！接著馬上彈了一個響指。

「洋服崩壞！」

仁村再次用那種踢腿，把我的招式踢開。

隔了一拍，這次——

「喂！」

啊啊啊啊啊，這次輪到羅絲薇瑟的女武神服裝（燚誠之赤龍帝版）遭殃啦啊啊啊啊啊！

繼伊莉娜之後，羅絲薇瑟的衣服也爆開了！

她的身材還是一樣完美！多謝招待！

「夠了喔，一誠！」

連羅絲薇瑟也生氣了！

正在對付她的由良也抓了抓後腦杓，露出一臉難以形容的表情。

我向羅絲薇瑟道歉：

「不、不好意思！但我總覺得，在這種時候放棄就輸了！」

「她只是在反射招式罷了！不可以意氣用事！」

羅絲薇瑟對我這麼說……

可是，光是被反射就夠讓我震驚的了！應該說，這樣啊，原來還有這種方式可以抵擋我的洋服崩壞啊……

作為今後的課題，我想改良這一點。

「還沒完！我還沒輸！」

我重新振作起來，再次憑著色狼力量對仁村擺出架勢。

仁村也為之驚愕。

「你還想繼續啊！與其說你難纏，不如說是在享受這個狀況了吧！」

好了，繼續進攻吧。正當我這麼想的時候，戴在耳朵上的對講機裡傳出聲音。

——！

……看來要進入下一個行動了。

「無三不成禮——雖然我很想這麼說，不過戰況好像有進展了。」

「？」

仁村露出充滿疑問的表情……

而我指著上空表示：

「妳們好像打算在恢復點附近動什麼手腳……不過我們的軍師大人很肯定地說『不需

要』那個地方。所以——」

就在我說到這裡的時候。

天上冒出強烈的閃光，有個東西飛了過來。

剎那間——「轟轟轟轟轟轟轟轟轟！」地，一陣足以劇烈震盪大地的衝擊傳了過來。

仁村和由良的視線都轉向恢復點。

我說：

「——我們破壞掉了。是在上空待命的夥伴破壞掉的。」

剛才的是維娜——葛瑞菲雅從上空發出的超強魔力攻擊。

號稱魔王級的那個人，一擊就輕易粉碎了恢復點。

不過，既然沒有淘汰報告傳出，就表示花戒桃也沒有在那裡待命吧。

仁村和由良的表情一變。

「翼紗學姊！」

「我知道！暫時撤退！」

兩人進入了逃跑模式！

——！她們想閃人！不過可沒那麼容易！

羅絲薇瑟似乎也這麼覺得，便對伊莉娜說：

「——伊莉娜，我想現在是個好時機！」

察覺到這一點的伊莉娜連忙伸出手指畫起圈圈——製造出光力的圓環。

「對啊！我要出招了！光環！」

伊莉娜朝仁村和由良射出了兩個光環。

兩人試圖閃躲——但是光環的導向精確度很高，高速改變軌道，命中了仁村和由良。

目的不是為了傷害她們。這是——

光環就這麼套在仁村和由良的脖子上。

「——！這是什麼，脖子上……被套了光力的圓環？」

仁村打算伸手去摸被套在她脖子上的光環——但由良如此叮囑。

「別碰，留流子！那是光。碰了妳的手會灼傷的。就這樣暫時撤退吧。」

「好的，翼紗學姊。」

仁村和由良就這麼戴著脖子上的光環，離開了現場。

結束了戰鬥之後，我們稍事休息。

我詢問伊莉娜有關光環的事情。

「伊莉娜，那個光環需要多久才會發動？」

「……如果是要束緊的話已經可以了。如果要用來施展『那招』的話，依照目前的狀況還需要一個小時左右。」

……要用「那招」還得多花點時間啊。

「先向蕾維兒回報好了。說我們在仁村和由良身上套了光環。」

我向蕾維兒報告現況，然後和伊莉娜她們回了一趟本陣——

—○●○—

交戰結束之後，我們（伊莉娜和羅絲薇瑟已經換上備用的衣服）回到本陣。

我問蕾維兒：

「仁村她們想在那裡做什麼啊？」

「或許是打算利用恢復點來組織戰術吧，但既然已經破壞掉了，我想應該也毀了他們幾個作戰計畫……當然，如果就連讓我們破壞掉恢復點也在對方的作戰計畫之中的話，我也無計可施了。」

嗯……我們無從得知真相，反正也已經破壞掉恢復點了。

蕾維兒說：

「我想對方應該已經預料到恢復點會遭到破壞了。只是考慮到不會遭到破壞的可能性，想先做好各種準備，順便利用仁村同學和由良小姐當誘餌吧。對手的本隊會如何行動，令我相當好奇。」

仁村她們是誘餌啊。大概是想趁我們因為好奇而去一探虛實的時候，由本隊進行真正的目的之類的，類似這樣的作戰計畫吧。

雖然蕾維兒也為了不讓對方有機可乘，監視得滴水不漏就是了……

貫徹蕾維兒的作戰計畫的，是將對手的所有可能性摧毀到一個也不剩的風格。一切都依照她的那句「徹底摧毀」在運作。

對方已經有好一陣子沒有動作了。為了決定接下來該如何行動，我們打算考量剩餘時間再開一次作戰會議。然而，就在這個時候。

「──有動靜了。」

「等一下，這是……」

愛爾梅希爾德和百鬼都向我們報告界線上有了反應。

百鬼順著他有所感應的方位──往遙遠的前方看了過去，然後露出一種難以言喻的凝重表情。

這時，遙遠的前方，領域的上空，冒出令人聯想到龍的黑色火焰。

「那是……黑炎。」

潔諾薇亞看著竄升到空中的黑色火焰，如此呢喃。

看來，黑色的火焰是從領域的中央一帶朝上空發射出去的。

——中央。被我的砲擊轟成荒蕪的地方。

百鬼對我說：

「……是匙學長。」

——匙。

……那個傢伙在那裡啊。

蕾維兒瞇著眼睛說：

「……我知道這表示匙先生就在那裡，可是他為什麼要特地做出那種會暴露自己的位置的舉動……」

黑色火焰再次往上空竄升。

那代表著什麼，我已經知道了。我能夠理解。

……這是在呼喚吧。是匙在呼喚我吧。

——說他在中央等我。

說的也是，畢竟我們才剛看過塞拉歐格和曹操的那場比賽。這比任何方式都還要容易理解吧。

胸口湧現一股熱潮的我如此自言自語：

「……好，我知道。誰教你和我都這麼笨拙，笨拙到無可救藥的地步。」

我告知蕾維兒：

「蕾維兒，我出去一趟。」

「一誠先生？」

我指著中央。

「——匙在那裡等我。」

這是來自那個傢伙的邀請。邀請我來場一對一的戰鬥——

既然那個傢伙都那麼做了，想必不會讓其他夥伴胡亂插手吧。

蕾維兒說：

「可能有陷阱……如果我這麼說的話應該很不識趣吧。」

「陷阱啊。說不定有喔。不過，那個傢伙只有一個人。自己一個人在等我——所以，我非去不可。」

爆華插進我們兩個之間，對蕾維兒說：

「參謀大人，這是龍與龍之間的決鬥——其中不允許有任何形式的介入。現在吾主若是不接受弗栗多大人的挑戰，將成為一生的恥辱。這種事情絕對不可以發生！」

聽了爆華談論龍族的這番熱力十足的發言，蕾維兒也嘆了口氣，不再堅持。

「……我明白了。我也不會派人去支援。不過，請答應我一件事。」

蕾維兒正面對我說：

「——您一定要贏。」

「好，包在我身上。」

我只留下這句話，就把剩下的事情交給夥伴們了。

……這樣做應該很傻吧。

隊伍當中最重要的「國王」居然接受這種邀請，滿不在乎地隻身上前線。蕾維兒好不容易把戰局安排得如此妥當，我卻做出這種可能會讓一切化為泡影的舉動。

可是，還有其他的辦法嗎？我也沒辦法啊……！

匙在中央一直等待我現身，面對這種狀況，有人以為我還有不去的選項嗎！

……我們都是無可救藥的傻瓜。我和那個傢伙都是。

我們就來打一場傻瓜的顛峰之戰好了。你說是吧，匙——

Line.Maximum VS Life.Maximum 龍王（傻瓜）與龍帝（傻瓜）

——我的名字叫匙元士郎。二年級的學生，也是支取會長的「士兵」。

在前往領域中央的路上，我回想起和匙第一次見面的狀況。

知道同年級還有別的「士兵」，我相當開心。可是，那個傢伙卻是哀聲嘆氣。

——以我的立場來說，和變態三人組之一的你相同這件事，嚴重傷害我的自尊心……

那個時候我還覺得那個傢伙很惹人厭。他還向我炫耀說自己消耗了四顆棋子呢。

不過，我為了木場的事情找他商量的時候，他便哭著答應要協助我。我立刻就知道他是個好人了。這麼說來，後來我和匙都被主人教訓了一頓呢。

在我看得到遠方的匙的時候，蕾維兒送我出來這裡的時候對我說過的話，浮現在我的腦海裡。

『一誠先生，老實說……在某種程度上我已經知道狀況會變成這樣了。』

這麼起頭之後，她接著說了下去：

『匙先生對於和一誠先生一戰有著個人的執著，這是雙方隊伍的每一個成員都知道的事情。所以，我早就猜到蒼那大人可能會視戰況答應讓匙先生和一誠先生來場一對一的戰鬥。至於理由──我想一誠先生應該大致上也是心裡有數吧。』

『我知道，蒼那學姊她──看起來雖然冷靜，其實和我們家莉雅絲一樣深情。她是想實現匙的心願吧。』

蒼那學姊也非常重視眷屬。我也輾轉聽說，匙在排名遊戲當中受到高官們賞識的時候，她都為此哭了。

蕾維兒說：

『我曾經想過，一對一的戰鬥總比多人一起攻擊一誠先生還要來得安全──不過事情正好相反對吧？』

『當然──比起一堆人一起攻擊我，那個傢伙肯定是在一對一戰鬥的時候比較棘手。那個傢伙就是這樣。蒼那學姊放的感情再怎麼重，對於這點還是看得很透徹。』

沒錯，那個傢伙和我都是這一類的惡魔。

和一堆人一起對付勁敵的話，鬥志反而會明顯降低。即使遵照作戰計畫行事，在內心深處一定也會期望一對一的戰鬥。

那個傢伙已經穿上鎧甲了。而我──也在前來這裡的途中穿上了鮮紅色的鎧甲。

鮮紅的天龍──與漆黑的龍王對峙了。

兩者之間的空間已經因壓力而扭曲，空氣也隨之震盪。

「我來了，匙。」

聽我這麼說，匙亢奮到渾身顫抖。

「……啊啊，從那個時候開始，我就一直、一直期待到現在。」

我和匙隔著鎧甲互瞪，然而這裡似乎不是只屬於我們的戰場。

——弗栗多說話了。

『吾乃弗利多。被評為龍王之一的龍是也。在此向赤龍帝德萊格要求決鬥。』

他……表達了想要決鬥之意。

聽見這番話，我體內的德萊格愉快地笑了。

『……對我報上名號啊，弗栗多。呵呵呵，好久沒有人正面對我報上名號了。好了，搭檔。這下已經無可退縮了喔。』

德萊格英勇地表示：

『——有另外一條龍對自己報上名號，身為龍就不能退縮。必須戰到其中一方倒下為止！』

德萊格的吼叫聲響徹天際！

『吾乃德萊格。被評為天龍之一的龍是也。在此接受「黑邪龍王(Prison Dragon)」弗栗多的挑戰！』

下一個瞬間，我和匙全身上下冒出極度濃密的氣焰。

熱氣、熱意、戰意、敵意、熱情、激情、執念——各種高漲的情緒，從再也無法忍受的我們的體內散發出來。

再多說什麼都沒有意義。

說什麼「來打吧」或是「該開始了」之類的，現在早已不是可以如此交談的程度了。決鬥——摧毀彼此的戰鬥早已開始了！

在我們對彼此舉起拳頭的瞬間。

……一股無法排遣，難以壓抑的情緒浪潮襲捲而至。

……你還記得一年前我中了你的計吧，匙？

在那之後，我就一直……

好不甘心……

……我一直在腦海裡想像著再次打倒你的那一天到來，不知道想像過多少次。我隨時都在妄想將你徹底擊潰的場景。

……你竟然讓我在莉雅絲面前丟臉啊，我的摯友……那麼丟臉的遭遇，我怎麼可能忘記……！當時的感覺仍然緊緊黏在我的記憶深處，不曾消失……！

你這個罪魁禍首……這次不是妄想，你本人現在就在我面前——

——我終於可以報當時的一箭之仇了。

感覺就像是絕食一個星期之後有人準備我最喜歡吃的東西放在我的眼前……我已經想撲上去，想得不得了了。

然後，我們雙方擺出架勢，沉默了一會兒——

也不知道是誰起的頭，等到回過神來——

「啊啊啊啊啊啊啊啊啊啊啊啊啊啊啊啊啊啊啊啊啊啊啊啊啊啊啊啊啊啊啊啊啊啊！」

「喔喔喔喔喔喔喔喔喔喔喔喔喔喔喔喔喔喔喔喔喔喔喔喔喔喔喔喔喔喔喔喔喔喔！」

我們已經放聲大喊，以撲向眼前的勁敵的氣勢飛奔而出了！

一開始的攻擊——是打向彼此臉部的拳頭！

足以破壞頭盔的衝擊傳進彼此的腦袋裡，頓時只覺得天旋地轉……

不過我們都不管恢復，毫不在意地開始你來我往地出拳！

他的拳頭打在我的臉上，我的拳頭又打在他的臉上，雙方一心一意只顧著往臉上、臉上、臉上、臉上、臉上、臉上、臉上、臉上，不斷出拳！

「兵藤——————！」

「匙────────────────────!」

最後我們抓住彼此的肩膀讓對方無路可逃，然後繼續往臉上瘋狂出拳！抓著肩膀──不對，是抓著頸項在超超超級近的距離之下不斷往對方臉上出拳！

往臉部筆直出拳！只顧著往臉部筆直出拳！將灌注了力量的拳頭往那個傢伙臉上打進去！這已然成為以最快的速度將拳頭送到他臉上的反覆動作！

後來更成為幾十拳？不對，不下百拳……是超過兩百拳全部都打在臉上，顯然已經完全沒有道理可言的戰鬥！

從打在臉上的拳頭開始的戰鬥──同樣以打在臉上的拳頭進行下去！

看著這一幕的轉播員放聲嘶吼：

『這算什麼啊────────！這算是哪門子的戰鬥啊────────！在領域中央進行的──是雙方只用拳頭打臉，近乎原始的戰鬥！紅色的龍帝，還有黑色的龍王！都像是著了魔似的，對著彼此的臉部不斷出拳！各位請看！這場拳來拳往的戰鬥讓所有觀眾都站了起來！』

我不太想去想像自己的臉現在變成怎樣了，不過想必很有好男人的派頭吧。因為，我現在不斷毆打的這個男人也變得越來越帥了！

我們就像是為了發洩之前的鬱悶似的不斷打臉！我和匙從剛認識的時候，就已經有一大堆話想對對方說了。過了一年，想說的話只有不斷增加——

現在，我和匙的友誼已經深到了不需要說出那些話來自討沒趣的地步了。

不過我懂。我懂的，匙！我和你都很想往對方臉上出拳，想得不得了對吧！

可靠的夥伴。可恨的同期。最棒的摯友。嫉妒的對象——

所有的感覺交雜在一起，所以我們能夠做的——就只有握起拳頭往對方臉上打才能夠表達了。

三百拳……超過四百拳的時候，鼻梁已經折彎，眼睛腫了起來，嘴裡更是充滿了血水。

我們耿直地，就像轉播員說的像是著了魔似的，執著地往對方的臉上、臉上，不斷出拳！

終於，到了彼此都站不住腳，雙方分開的時候——我們兩個都已經上氣不接下氣，滿身瘡痍了。什麼耐力，什麼保留餘力的，我們的腦子裡早就沒有這回事了。

——那種小事早就已經無所謂了……！哪邊先倒下就是哪邊輸，這已經是如此單純的戰鬥了……！

鼻青臉腫的我和匙雙雙咧嘴笑了。

「——瞧你那副德性，兵藤。」

「你還敢說我啊，匙。你的臉還比較悽慘吧？」

笑了好一陣子之後，匙深深吸了一口氣。

他往我的臉上揍了一拳並且吶喊：

「我恨透你了——！不管做什麼你都搶在我的前面！」

我也往匙的臉上回敬一拳並且大喊：

「我也很想痛扁你一頓——！說我搶先？真敢說啊。誰教你搞砸了我最重要的出道戰！所以我才會想搶在你前面啊！」

我們同時出拳——拳頭以交叉反擊的要領打在彼此的臉部，深深陷了進去！

雙方都被打到後仰，卻又都立刻調整好姿勢，我和匙就這麼繼續憑著激情，再次開始互毆！

「你這個混帳東西——！」

「你才比較……混帳吧——！」

放聲大吼之後，我們——又開始不顧前後地對著彼此的臉部出拳了！

這次，我在拳頭上灌注了氣焰，那個傢伙的拳頭上也冒出黑炎！

即使因為全身上下都繚繞著黑色火焰而燒傷……我依然只顧著以灌注了氣焰的拳頭不斷打在那個傢伙的臉上！

轉播員見狀也大喊！

『真是難以置信！竟然又開始了！彼此只對著臉部出拳的戰鬥！居然有這種戰鬥方式嗎——！』

拳頭毫不留情地打在臉上，我偶爾會覺得意識快要中斷了……但還是拚命保持清醒，將高昂到非比尋常的意志灌注在拳頭上，不斷毆打匙！

再怎麼說這也是天龍對龍王的戰鬥，光是以拳頭互毆就足以對周圍造成重大的影響，地面龜裂，就連遠方的林木也因為外漏的衝擊波而一一折斷。

我將手臂變成粗大的剛體衝擊拳版本，一拳又一拳打在匙的臉上。分量十足的手臂發出的攻擊果然強烈，令匙嚴重站不住腳……但匙也在右手上纏了好幾道龍脈(line)，以帶有黑炎的拳頭奮力打在我的臉上。

這些早已超越了造成劇痛的水準。我們用足以打死人的拳頭彼此朝對方打出去……

數也數不清的打臉拳對決，終於來到了尾聲。在我已經忘記是第幾發的剛拳打在匙的臉上的那個瞬間，我感覺到這拳似乎奏效了。

儘管如此，我還是揮出了下一拳——然而，這拳卻揮空了。

——因為匙已經癱倒在地上了。

匙——趴在地上，動也沒動一下。

『在這場只用拳頭打臉的戰鬥當中，匙選手終於倒下了——————！』

轉播員如此嘶吼。

……在剛才那令我感到足以中斷意識一拳之下，匙……恐怕會就這樣消失在淘汰之光當中，結束這一切吧。

正當我看著倒在地上的摯友時，轉播席那邊似乎產生了變化。

『啊——！』一名神祕少女搶走了麥克風，占領了轉播席！』

領域上空投影出觀眾席的狀況。出現在影像當中的——竟然是匙的妹妹，她手拿麥克風，站在轉播席。

『不好意思，我是匙元士郎的妹妹。請借我用一下麥克風。』

他的妹妹拿著麥克風，開始對匙傾訴。

『元哥……你聽得到嗎？今天啊，我在幼稚園聽老師說了——元悟他，打架打贏了。他打贏欺負他的男生了！』

匙的妹妹眼中積滿淚水，最後沿著臉頰滑落。

『元悟都打贏了！元哥卻一直倒在那裡，這樣太不像話了吧！站起來！站起來啊，哥哥！』

妹妹的聲音，響徹了整個領域。

下一個瞬間——

匙一點一點有了動作，並且緩緩站了起來。他的表情空洞，看起來一點也不像是已經恢復意識的樣子……

……沒錯，匙應該早就已經失去意識了才對。他承受的攻擊就是那麼多。

然而，匙腫脹的眼睛深處的瞳仁——卻燃起了火焰。

盛大到令人難以置信的黑炎從匙的全身上下燃起，再度形成鎧甲。

看著眼前的光景，匙的妹妹對我說過的話浮現在我的腦中。

——我想，元哥大概是想讓元悟看到爸爸和媽媽生前曾經走過的路吧。

——元哥大概是想連同爸爸和媽媽的份，好好耍帥耍個夠吧。

……匙，這樣啊。是這樣沒錯吧。你想表現給他們看對吧。你想拿出自己最帥氣的一面給妹妹看，將來也想給弟弟看對吧！

——兵藤，我想當老師。

……我懂，我知道，我都知道啊匙。沒錯……我和你都是懷抱著野心……懷抱著夢想，一路闖蕩到現在。而且——你還有必須守護的家人。

所以，你沒有辦法乖乖躺在這種地方對吧！

這時，我聽見弗栗多的聲音。

『……這樣啊，你要站起來啊，我的分身。即使意識已經模糊，你依然是邪龍啊。既然如此，你們就好好看著吧，赤龍帝啊！兵藤一誠，以及德萊格啊！』

弗栗多的吼叫聲響徹天際。那麼冷酷的弗栗多竟然表現得如此激動。

『吾等乃邪龍！即使被轟掉半邊身體，即使失去意識！吾等也將憑著執念，單憑如此的意念行動！吾等足以阻擋天龍的去路！』

前所未見的黑色火焰以及氣焰在匙的身上不住翻騰。

看著他的模樣，我下定決心，也有所覺悟了。

「……我知道，說的也是。確實如此。你這個傢伙，你們兩個傢伙就是這樣。」

我透過耳朵裡的對講機對蕾維兒說：

「蕾維兒，妳聽得到嗎？」

『請說。』

「我先向妳道歉──比賽後半可能會用到的『龍神化』，我現在就要用了。」

『──！』

蕾維兒似乎嚇了一跳，不過立刻就了解了狀況。

『……您要和匙先生做個了斷是吧？』

「……抱歉，我依然是個沒有長進的傻瓜『國王』。既然都已經和這個傢伙打到這個地步了，我就必須陪他到底才行。我不得不這麼做啊……！」

──我不會後退。我怎麼可以後退！

……要是在這裡後退了，我以後還有什麼臉去見匙和塞拉歐格他們啊！

要是我沒有接下這個傢伙的一切，我就再也無法自稱是這個傢伙的「摯友」了！

『我明白的。正因為一誠先生是會認真面對這種事情的人，我才會來到您的身邊。』

蕾維兒接納了我的決心。

「謝謝妳，蕾維兒。」

向蕾維兒道謝，切斷通訊之後，我對德萊格說：

「事情就是這樣，看來重頭戲現在才要開始呢。我們上吧，德萊格！」

『呵呵呵，小事一樁，平常不就是這樣嗎。我了解。』

德萊格似乎打從心底感到很開心。看來德萊格也非常享受這場龍與龍的決鬥，享受到極點了吧。

「所以，德萊格，現在進行部分『龍神化』的話可以出幾招？」

『既然尚未完全恢復，也很難出太多招吧。搞不好只出一招就會——』

「給我撐住！不對，我們一起撐住吧！想要撂倒這兩個傢伙，已經只剩下這個方法了！除此之外沒有辦法斬斷他們的執念！」

匙已經擺好拳頭，準備開始第二回合了。

好，抱歉讓你久等了，匙。咱們再來打吧？再來互毆吧？我們也只會這招了。也只有這樣，我們才能抒發這種心情——

「來吧，匙————————————！」

我正面衝了出去。

「啊啊啊啊啊啊啊啊啊啊啊啊啊！兵藤——————————————！」

快要失去意識的匙也奮不顧身地朝我衝了過來！

哪怕別人都要看膩了，我們還是再次展開對著臉部出拳的戰鬥！

除此之外的選項，現在都已經沒有意義了。除此以外的攻擊，對我們而言都已經辦不到了！

匙在雙手上纏繞了大量的龍脈，將氣焰和黑炎提升到最大！

在這個狀態下的拳頭，使我全身上下都感覺到劇痛及熱氣！

德萊格不禁咋舌。

『還能拉出那麼多龍脈來啊……！難纏到我都傻眼了！』

為了一決勝負，我開始詠唱咒文：

『濡羽色之無限之神啊！赫赫然之夢幻之神啊！見證吾等超越際涯片刻之禁吧——！』

「『『Dragon 8 Drive!!!!!!』』」

我的右臂部分變成了龍神型態！

「我才不會輸給你——————————————！」

憑著龍神之拳，我打碎了匙的臉部！在擊中的瞬間，匙的動作停了下來。擊中的衝擊大幅破壞了地面，深深挖出一個隕石坑。

「……那……會長……」

中了我的龍神化攻擊，匙腳步蹣跚地逐漸後退。他一步，又一步地往後面逐漸退下。

匙像是囈語般地喃喃唸著：

「……我和大家約好了……我、要當老師……和會長…………華穗……元悟……」

說到這裡，匙站定了。

然後——

「……我……要連爸爸、媽媽的份一起…………我……我……！」

黑炎第三次熊熊燃燒了起來——

「——當老師當定了！」

對著天空大吼的匙依然持續發出黑色的氣焰。

……我也只能說是嘆為觀止了。

匙的體力應該已經到達極限了才對。意識也已經相當模糊，不是正常狀態。大概就連疼痛也感覺不到了吧。

儘管如此，你還是……

德萊格說：

『……原來如此，執念。人類的執念可以說是最可怕的事物了……不過我也好久沒有接觸到如此強烈的執念了。即使轉生為惡魔，意志依然是非同小可地強烈，恐怕是因為他還保有身為人類的精神性吧。』

……是啊，匙是個人情味十足的傢伙。所以我才會喜歡他到不行。

『——下一次「龍神化」就是最後一次了！要用在哪裡，搭檔！』

德萊格這麼問，但是答案早就已經決定好了！除此之外不做他想！

「當然是拳頭啊——————！」

我再次將拳頭變成龍神化版本——對著匙打了出去！

充滿黑炎，可以說代表了匙的氣概的一拳先用力打在我的臉上。

我的意識差點被打斷，但還是好不容易維持住，接著——輪到我的龍神化拳頭打中匙的臉，將他打得往後飛得老遠。

看匙趴在地上，我正以為他再怎麼樣也爬不起來了吧的時候——

「……兵、兵……藤……」

——！

……匙……又動了。竟然如此強烈啊。對我的執念，竟然到了這種地步嗎，你這個傢伙……！

轉播員見狀，聲音也顫抖了起來。

『又站起來了。匙選手，再次站了起來！好強烈的執著啊！就連全場觀眾都說不出話來了！讓他堅持到這種地步的動力究竟是什麼！』

投影在空中的畫面當中，可以看見匙的妹妹在轉播席附近嚎啕大哭。

試圖站起來的匙跌倒了。再次試圖站起來又再次跌倒。跌倒了好幾次之後，匙終於站了起來……但是他的膝蓋不住顫抖，視線也失去了焦點。

……匙已經——

不過，說的也是。你這個傢伙……就是這樣。即使要結束了，我的同期、我的摯友，匙元士郎還是──

忽然，旁邊冒出一條黑蛇──是以縮小的樣貌現身的弗栗多。

弗栗多──止不住兩眼的淚水。

『……最後一擊……給吾之分身最後一擊吧……他已經什麼也不剩了。已經用盡一切了。就連一點小火苗也發不出來了……但是，儘管如此，吾之分身也不會停下來。』

正如弗栗多所說，匙一步，又一步地朝我前進。

即使已經沒有戰鬥能力，沒有意識，匙──匙還是……只想著要對抗我……！

看見這幅光景，弗栗多對我說：

『……由身為友人的赤龍帝親手給他最後一擊吧……請你幫忙……』

我……用力握起拳頭，站到匙的面前。匙反射性地握起拳頭……然後緩緩對我打了出來。他已經無法在拳頭上灌注任何力量了。

「……兵藤……蒼那會長……大家……華穗、元悟……」

我抱住匙，朝他的腹部打出灌注了力量的一拳。

戰鬥就這樣靜靜地結束了──

匙的身體先是抖動了一下，之後手臂終於無力地垂了下來。

我用力抱住匙……淚流不止——

「匙……」

鼻青臉腫的匙——露出笑容。用盡一切力量之後，似乎就連被打倒了也令他相當滿足，

感覺就像是這樣的笑容。

被我緊緊抱住的摯友以只有我才聽得到的聲音輕輕說了：

——謝謝。

留下這句話，匙的身體變化為淘汰之光，逐漸消失。

「匙啊……」

一直到最後一刻，我都用力抱緊我的摯友。

「……你這個傻瓜……那句話應該是我要說的才對吧……」

即使在匙的觸感消失，對決已經結束之後，我——依然止不住淚水。

Final Line. 學生會與利維坦

見證了一誠同學與匙同學那衝擊性的一戰之後，我——木場祐斗，在比賽會場的觀戰室裡和夥伴們一起看著遊戲的後續。

失去了唯一能夠對抗一誠同學的匙同學之後，西迪眷屬的敗像變得濃厚，繼續躲下去也沒有什麼意義了。大概是因為這樣吧，西迪隊的成員再次開始行動。

西迪方面剩下的成員開始進逼一誠同學他們的本陣，戰鬥在各地展開。

這間觀戰室裡面，有我們莉雅絲．吉蒙里隊以吉絲格維拉．阿加雷斯小姐的隊伍。

莉雅絲姊姊和絲格維拉小姐注意的重點，都是在於蒼那學姊要如何顛覆壓倒性的火力差距……

然而，比賽卻成了西迪方面一開始就被蕾維兒小姐訂定的作戰計畫……被她的戰略壓制住的局面，對於這近乎一面倒的遊戲發展，室內變得鴉雀無聲。

莉雅絲姊姊和絲格維拉小姐都一臉凝重，到現在都還沒有表示意見。

我們在等待主人開口的同時，也觀看著在螢幕當中展開的戰鬥。

在岩地戰鬥的——是變成狼人的路卡爾先生，以及吸血鬼愛爾梅希爾德小姐！

路卡爾先生能夠使用強烈的魔法攻擊，再加上狼人的高強體能，讓愛爾梅希爾德小姐打起來相當吃力。

她利用蝙蝠等使魔化解路卡爾先生的攻擊，不過這種方法也有限度。即使想對路卡爾先生造成傷害，以狼人的耐打程度和高再生能力而言，除非是很強的吸血鬼才有辦法突破吧。此外路卡爾先生更以魔法提升自己的體能。因此，愛爾梅希爾德小姐一直沒有辦法使出有效的攻擊。

最後，愛爾梅希爾德小姐被追趕到岩地當中一處無路可逃的死角。

『卡恩斯坦家的女孩，妳展現出來的力量在我的設想之上——不過是時候該擊破妳了。』

路卡爾先生舉起以魔法提升過攻擊力的雙臂，看來是打算解決對手了。

然而，走投無路的愛爾梅希爾德小姐卻露出英勇無比的笑容。

『……不對，好戲正要開始呢。我也該拿出隱藏絕招了。』

愛爾梅希爾德小姐開始在身邊展開好幾個小型魔法陣！從中出現的——是約莫十五公分高的銀色人偶！那些人偶……外型看起來，好像隱約有點像是機器人……

『——人偶？』

對於愛爾梅希爾德突然使出的招式，路卡爾先生也顯得一臉狐疑。

這時，正在觀看比賽的絲格維拉．阿加雷斯小姐猛然站了起來。

她的表情——充滿了驚愕之色。她以顫抖的聲音說了：

「……愛爾梅希爾德小姐，妳……該不會是！」

螢幕當中的愛爾梅希爾德小姐對銀色的人偶下令！

『去吧，我的士兵們！』

銀色的人偶像是擁有自我意識似的開始行動，舉起手上的軍刀和槍械攻向路卡爾先生！

路卡爾先生被軍刀砍傷之後，更因為被砍的部分開始冒煙而大吃一驚！

同時表情也變得苦悶！

『這是——銀製的嗎！』

路卡爾先生大喊。

人偶們對著路卡爾先生開槍，規模雖小，但確實造成了傷害。

以銀製成的人偶！這種發展讓我也嚇了一跳。的確，銀能夠對狼人造成傷害。

愛爾梅希爾德小姐樂在其中地說：

『是的，對於我們非人者而言，銀是必須忌避的東西之一。尤其對於你們獸人——狼人族而言，這更是形同劇毒的金屬。我在運用的時候，可以像這樣作成人型，並且以異能操控便不需要直接觸碰，所以沒問題。』

看著轉守為攻的愛爾梅希爾德小姐，絲格維拉小姐低吟道：

「那些銀製人偶……顯然有著彈鋼的外型！而且，從那種攻擊方式看來，是受到最新作品『鐵骨的海豚』的影響吧！那部作品當中不使用光束武器，而是以物理攻擊和舊式的重型火砲戰鬥！」

如魚得水的絲格薇拉小姐如此喃喃自語，速度之迅速。

莉雅絲姊姊和朱乃學姊無法理解絲格薇拉小姐的自言自語，愣在一旁滿頭問號。

絲格維拉小姐抬頭看著天花板，看起來滿心懊悔。

「話說回來，銀製的彈鋼啊……我怎麼沒有想到這種可能性呢？這也不是沒有道理可循。畢竟，使用合金製成的彈鋼玩具才是真正的元祖——」

她雙手掩面，已經不知道在說什麼了……

在這樣的狀況之下，阿加雷斯眷屬的「皇后」亞歷維恩先生帶著微笑這麼說：

「不好意思，絲格薇拉大人的思緒已經飛到九霄雲外去了……所以請各位別放在心上，繼續觀戰吧。」

在觀戰室當中發生了這樣的插曲……

莉雅絲姊姊極度認真地表示：

「……不只一誠和絲格維拉，就連愛爾梅希爾德也變得如此熱衷於……『彈鋼』啊，總覺得我開始有興趣了。」

「……我喜歡『第一代』和『M』和『QQ』。」

小貓若無其事地如此回答。

「為了染上老公的顏色，應該也只能看了吧……」

連朱乃學姐也摸著下巴，認真思考了起來。

……唉，絲格維拉小姐的影響力甚至波及到莉雅絲姊姊她們了嗎？我有種預感，這下子會擴散到全體「D×D」成員了吧。

在這樣的觀戰室當中，別的螢幕正轉播著其他戰鬥。

西迪隊的「騎士」，死神班妮雅小姐正在和一誠同學的臣子爆華先生對決，以死神特有的輕快動作，完全躲過了爆華先生的火焰。

『呵呵呵，那麼隨便的攻擊是打不中我的。』

『唔嗯嗯嗯！討人厭的傢伙！』

班妮雅小姐敏捷的動作讓爆華先生相當煩躁。

看來是能夠克制對手的班妮雅小姐比較占優勢呢。

別的螢幕上西迪隊的新面孔——火照小弟正掛著眼淚和伊莉娜同學戰鬥。

『天使姊姊！既然是天使就稍微放水一下嘛！』

『不可以！這是對你的考驗！我要代替上天來指引你！阿門！』

火照小弟表現得有點消極，不過既然能夠和伊莉娜同學正面交鋒，雖然還是國中生，但說不定是個前途無量的劍士呢。

我又看到別的螢幕上的戰鬥——竟然是蕾維兒小姐和愛西亞同學被真羅學姊追到無路可逃了！

她們已經退避到本陣附近的森林當中，蕾維兒小姐展開火焰翅膀，護著愛西亞同學，迎戰真羅學姊。

真羅學姊手拿薙刀，為了發動自己的禁手「望鄉的茶會（nostalgia mad tea party）」而使用異能製造出一面大鏡子。

既然已經可以進入這個階段，就表示已經滿足可以發動禁手的條件了吧。

要是鏡中魔物現身了，蕾維兒小姐和愛西亞同學的勝算就真的微乎其微。因為，那些魔物的特殊能力相當強大，有效範圍又很廣大。

但是，蕾維兒小姐努力保持冷靜，從懷裡拿出一樣東西——是一本頁數很薄的書。

封面上畫了彩圖，真的是一本很薄的書。

蕾維兒小姐將手上的薄本書拿給真羅學姊看，並且表示：

『——這個您應該很熟悉吧？』

真羅學姊用力推了一下眼鏡，原本還一臉狐疑……

然而隨即赫然驚覺，突然不知所措了起來！

『——！那、那那那那那那那那那那那、那該不會是……！這怎麼可能……！』

她指著那本書，像是看到了什麼難以置信的東西似的渾身顫抖。

蕾維兒露出勝券在握的笑容開始說明。

『這是，真羅椿姫小姐您的大作，在駒王學園裡面私下流通的超稀有同人誌小說。只印了僅僅五本，只有內行人才知道的作品——《駒王式（high school）真羅萬象—木×一（K×I）—》。』

真羅學姊——已經為之戰慄到臉色蒼白了！

聽蕾維兒小姐這麼說，我想起不久之前，蕾維兒小姐同時找了一誠同學和我，直接向我們道歉。

『我必須事先向一誠先生和木場先生道歉才行。』

說完，蕾維兒小姐便對著我和一誠同學低下頭。她真的一副非常歉疚的樣子，搞得我和一誠同學只能面面相覷，不知道該說什麼才好。

『道歉？向我……和木場道歉？』

『該不會是和你們對上西迪隊的戰鬥有關吧？』

一誠同學和我這麼問。

她點了點頭。

『是的，如果有什麼閃失的話，可能會傷害到你們兩位的友情……』

面對低聲下氣的蕾維兒小姐，一誠同學笑著說：

『這個嘛，事到如今無論發生任何事情，我和木場應該都不可能絕交吧……雖然在大會當中是不同隊伍，但我也不覺得我們會因為這樣而吵架。』

『嗯，同樣是吉蒙里眷屬這一點還是沒變嘛。不過，蕾維兒小姐明知道這樣，還是想事先告知我們一聲對吧？』

對於我的確認——

『是的。』

她如此回答，並且點了頭……

蕾維兒對著真羅學姊翻開那本薄薄的書。

真羅學姊忐忑不安到非常誇張的地步，都已經快要哭出來了。

『啥！妳翻開那本書想怎樣！難、難不成，不會吧！妳！妳應該不是會做出那種事情的人吧……？』

真羅學姊整個人不住顫抖，而蕾維兒小姐在順了順呼吸之後，看著那本書開始朗誦：

『……「逆轉的瞬間到來。因為平常被稱為野獸的少年，在校園第一王子——木場祐斗的面前露出滿心情慾的表情。野獸——兵藤一誠哀求的眼神刺激著王子的嗜虐心。看來，你需要我好好懲罰一頓呢……木場祐斗揚起嘴角」……』

『——別……』

真羅學姊像是有什麼東西斷線了似的，薙刀當場脫手掉在地上，就連神器製造出來的鏡子也消失了。

『別唸了————————！』

然後，她哭著朝蕾維兒小姐衝了過去，試圖搶走薄本。蕾維兒小姐只靠身段便躲開她的動作，並且繼續唸了下去：

『「好了，我可愛的野獸先生。狂野的你，怎麼變得像撒嬌的母狗一樣呢。」「說著，王子柔韌的手指滑過兵藤一誠的身體，一顆又一顆地解開他的襯衫鈕釦。」』

真羅學姊當場癱倒在地，雙手遮住因為忍受恥辱而變得通紅的臉。

『我會死掉！我的心！我的——……嗚哇啊啊啊啊！』

然而，蕾維兒毫不留情地繼續唸了下去：

『「好了，我的野獸先生。用你可愛的聲音啼叫吧。今晚的我，要將我聖魔交錯的精華注入你的體內。」「啊啊，格拉墨……！」』

『不要啊啊啊啊啊啊啊啊啊啊啊啊啊啊啊啊啊啊啊！』

戰意完全消失的真羅學姊如此尖叫，尖叫聲在森林裡迴響——

那本書的內容，好像是一誠同學和我……這、這樣那樣呢……

哈哈哈，真不知道該做何反應才好。不過，創作是個人的自由，我也不覺得自己有權利對真羅學姊的創作欲說三道四就是了。不過，一誠同學不喜歡的話，可能就要稍微想一下了……

蕾維兒小姐的攻擊（？）讓莉雅絲姊姊也心驚膽戰。

「太可怕了。蕾維兒．菲尼克斯擊潰對手的方式竟然如此徹底……」

小貓的臉頰上也滑過一道冷汗。

「……蕾維兒這個女孩變成敵人的時候，比任何人都還要可怕。」

儘管失去了匙同學，西迪眷屬還是努力想要改變戰況，但一誠同學的隊伍具備著在沒有攻擊成員的狀況下也能夠對付敵人的獨門絕招，打得相當出色。

好了，不利的狀況依舊沒有改變，西迪眷屬接下來會怎樣呢？正當我打算繼續觀戰下去的時候，一個螢幕突然發出耀眼的閃光，吸引了我的注意。

仔細一看，是在上空待命的維娜．雷斯桑小姐在手上製造出龐大的魔力。

維娜小姐整個人籠罩在質量大到不合理的氣焰當中——

好驚人的氣焰量啊……這種密度以及質量，是最上級惡魔……不對，有更在那之上的水準。

正當大家都觀望著在上空的維娜小姐會如何利用不住翻騰的氣焰行動的時候……領域的一角冒出一道光柱。

維娜小姐一確認到光柱——便朝那裡發出極大的魔力攻擊！

在瞬間的閃光之後——下一個畫面，就是原本冒出光柱的領域一角整塊灰飛煙滅了！雖然不及一誠同學的龍神化砲擊，卻還是具備足以讓超大範圍的領域整塊消失的攻擊力……！

『「蒼那．西迪」隊的「城堡」一名，淘汰。』

報告淘汰訊息的廣播響起。西迪方面終於出現匙同學以外的淘汰者了。

螢幕上開始重播維娜小姐解決掉對手的過程。

西迪隊的「城堡」由良同學原本在和百鬼學弟戰鬥，突然間，扣在她脖子上的光環開始產生劇烈的發光現象。

百鬼學弟見狀便從現場退開，接著維娜小姐的強大魔力攻擊便立刻落在當地，慘遭淘汰的由良同學根本無計可施。

莉雅絲姊姊說：

「開始了……接下來就是單方面的蹂躪了。」

朱乃學姊跟著表示：

「……之所以讓維娜大人在上空凝聚魔力到那麼龐大的地步，為的就是這個目的啊。當伊莉娜的那個光環扣在西迪眷屬身上的那一刻，就已經──」

……維娜小姐之所以在上空待命，除了掌握制空權之外，同時也是為了提升魔力，如此運用啊……

時機成熟之後，伊莉娜同學便發動招式，讓扣在對手脖子上的光環發光，以便維娜小姐狙擊。

發出那麼強烈的光芒，只要是在空中，敵人的所在地便可一目瞭然。

『「蒼那．西迪」隊的「士兵」一名，淘汰。』

淘汰報告再次響起。和由良同學一樣，脖子上被扣了光環的仁村留流子學妹，也遭到維娜小姐的攻擊轟炸。

……連這種戰術都有，蕾維兒小姐的準備竟是如此周到……！

莉雅絲姊姊說：

「蕾維兒在比賽開始之前私下對我如此宣言。『我想，我們恐怕不會輸給西迪隊』。」

「恐怕？不會輸？」

莉雅絲姊姊回答了我的疑問。

「之所以加了『恐怕』大概是因為如果採用的規則是像上次他們參加的『鬥球賽』那樣，並非以擊破對手為目的的話，誰勝誰負還很難說吧。但是，那孩子一開始就覺得他們會贏。一方面也是因為她準備了這樣的作戰計畫沒錯，不過，那個孩子斬釘截鐵地說了。」

——只要有一誠先生和維娜大人在這支隊伍裡面，除非我們有所疏漏，否則不可能會輸。

據說蕾維兒小姐如此斷言。

莉雅絲姊姊瞇起眼睛說：

「……一誠和維娜．雷斯桑都有魔王級以上的實力。對上了他們，西迪不是凝聚所有力量對抗，就是擬定各種計策並且由匙壓制一誠。不過，那些方法還是不管用。一誠固然很強，但這支『燚誠之赤龍帝』隊的成員更是強者雲集。有擅長強化夥伴能力的一誠和羅絲薇瑟在更是如虎添翼。最重要的，指揮那支隊伍的人是——」

——蕾維兒．菲尼克斯。

……對抗魯迪格．羅森克魯茲擔任教練的隊伍能夠打到差一點獲勝，她的手腕不只在冥界，在其他勢力也已經成為注目的焦點。

而且，她在這場比賽當中，也充分善用了一誠同學的力量。

「從選到相當一般的規則的那一刻起，蕾維兒就只是淡定地推進著將死對手用的戰術而已。」

對於莉雅絲姊姊的發言，絲格維拉小姐也點頭贊同。

「從她第一步採用了那麼誇張的動作，以及之後的處理方式，我也看得出來。」

然後，莉雅絲姊姊如此斷言：

「——蒼那早就被將軍了。尤其是在唯一能夠對抗一誠的匙戰敗之後，她們的隊伍幾乎已經確定敗北。現在的戰局，也只剩下誰會去將死她可看了吧。」

正如這番話語所示，其中一個螢幕已經顯示出蒼那學姊被逼到無處可逃的場面了。

出現在螢幕上的，是不同於一誠同學之前的戰場的另一個池畔。

蒼那學姊在那裡——和潔諾薇亞對峙。

潔諾薇亞雙手分別拿著杜蘭朵以及王者之劍。

蒼那學姊對潔諾薇亞說：

『這場比賽，是你們獲勝。』

蒼那學姊自己也直截了當地承認了敗北。

『……妳認輸了嗎？』

面對這麼問的潔諾薇亞，蒼那學姊表示：

『是啊，原則上還是會奮戰到最後，不過我們早就被將死了。在領域遭到破壞，你們的隊伍製造出容易找到敵人，又能夠從上空迎擊的狀態之後，我們能做的，幾乎已經只剩下將一切賭在匙和一誠的單挑上面了。』

蒼那學姊就連談起敗戰也是那麼淡定。

『我們採取了各式各樣的策略……但是就連那些策略也被蕾維兒小姐封殺了。然後，匙又輸給了一誠……雖然一誠已經耗盡力量了，也還有維娜・雷斯桑小姐在──於是，我們就被將死(checkmate)了。』

『那麼，西迪隊早就轉換策略，將戰鬥賭在匙的單挑上面了嗎？』

『是的。在一誠的強烈砲擊以及我們得知愛爾梅希爾德小姐和百鬼聯手的那一刻起，戰況已經變得十分艱困，在看見上空的維娜小姐之後，就進入只能計算我方還差幾步會被將死的狀態了。』

蒼那學姊瞇起眼睛，嘆了口氣。

『──蕾維兒小姐沒和我正面開戰，就可以將軍我們。真是後生可畏。』

儘管發言如此消極，蒼那學姊仍然提升著自己的魔力。

水藍色的氣焰開始籠罩住蒼那學姊的全身。

『不過，就這樣輸掉太對不起被淘汰掉的孩子們了──我至少要打倒妳。』

蒼那學姊的眼睛發出異樣的光芒，附近的水池產生了變化。

池水開始波動，並且飄到半空中。在蒼那學姊的魔力操作之下，池水逐漸凝聚成型。

出現在那裡的是一條巨大的——全長將近十公尺，以水形成的細長蛇型龍！

除此之外，蒼那學姊還以水之魔力製造出超過十隻老鷹、幾隻巨大的獅子，以及數不清的狼群。

看見如此陣仗，潔諾薇亞雖然嚇了一跳，卻還是舉起劍，對蒼那學姊說：

『我很想和妳透過戰鬥對話，終於成功製造出這個能夠對決的場面了。』

蒼那學姊問：

『妳想和我戰鬥？還有對話？那是……基於學生會長的立場嗎？』

潔諾薇亞立刻搖了搖頭。

『正因為我現在當上了學生會長，才想透過妳的戰鬥方式、生存之道之類的角度，好好學習前學生會長走過的道路。』

潔諾薇亞直率的意見，讓蒼那學姊瞬間露出愣了一下的表情……但隨即開心地笑了。

『呵呵呵……真是的，很有潔諾薇亞的風格呢。居然不是對談，而是想透過對戰來學習……這樣啊，這就是現任學生會長啊。』

蒼那學姊止住笑，轉為冷酷的表情，緊緊盯著潔諾薇亞。

配置好水龍和野獸大軍之後，蒼那學姊表示：

『好吧。既然如此，我就配合妳的方式來暢談學生會長是何物吧——透過這隻水龍利維坦，以及這些野獸們……我也累積了不少訓練喔。』

蒼那學姊舉手做出指示，水龍——利維坦與野獸們便氣勢如虹地攻向潔諾薇亞！

潔諾薇亞往旁邊閃躲，揮了一劍，對利維坦以及野獸們射出神聖氣焰，但波動直接穿過目標的身體。

水龍若無其事地張開嘴，從中吐出無數經過壓縮的針狀物！

應該是以魔力壓縮過，增強了硬度的水針吧。

潔諾薇亞以聖劍彈開攻擊，但還是無法完全處理掉，仍然有許多水針刺進她身上。她試圖拔掉水針，但畢竟原本是水，失去魔力之後就會嘩啦一聲灑在地面上。

潔諾薇亞提升了杜蘭朵極具攻擊性的神聖氣焰，凝聚為極大的波動射出。水所形成的龍以及野獸們抵擋不了這記攻擊，失去了魔力，還原為水落到地面上。

然而，蒼那學姊立刻輸送魔力進入池水當中，再次製造出利維坦以及野獸們。

蒼那學姊說：

『看是妳會先耗盡體力，還是我會先耗盡魔力。就讓我們好好一較高下吧。』

接下來，就成了巧妙操控水的蒼那學姊，以及被她玩弄於股掌之間而無法造成決定性打擊的潔諾薇亞之間的漫長戰鬥。

在戰鬥當中也不斷傳出西迪隊的成員遭到擊破的廣播。儘管狀況如此，蒼那學姊依然果敢地對潔諾薇亞持續施展水之魔力。

只要還有池水，蒼那學姊不需要消耗太多魔力就可以製造出攻擊手段。

然而，潔諾薇亞越是持續戰鬥，越是持續應戰，就會失去體力和氣力。

潔諾薇亞都已經消耗了大量的耐力，開始用上下抬著肩膀喘氣了。

蒼那學姊製造出來的野獸，數量一次比一次還多，潔諾薇亞也逐漸無法完全因應。看來蒼那學姊打算憑攻擊次數完全解決掉潔諾薇亞。最後，多到數不清的水之野獸團團圍住潔諾薇亞了。

蒼那學姊操控的野獸們，動作不是只有衝上去那麼簡單，每一隻都會因應潔諾薇亞的攻擊而改變動作，是高超的魔力操作下的產物。其中還有一些野獸加入了假動作，潔諾薇亞不斷被牠們的動作玩弄著。

水龍——利維坦也從口中猛烈地噴出大量的高壓水柱，銳利的水柱廣範圍切割著她們正在戰鬥的地方。林木、地面、岩石都輕易遭到切斷。要是中了那招，身上沒有鎧甲的潔諾薇亞根本撐不了多久。

……蒼那學姊也能夠使出那種廣範圍而且高威力的攻擊啊。

更何況成分是水，只要魔力尚未耗盡又有水源，想怎麼補給都可以。即使被聖劍破壞到不成原形，也能夠立刻恢復原狀，再次開始攻擊。

蒼那學姊的水之魔力的操作精度之高，讓觀戰室裡的每個人都目瞪口呆。

即使在這樣的狀況之下，氣喘吁吁的潔諾薇亞依然問了蒼那學姊：

『對妳而言，學生會是什麼……？』

蒼那學姊一邊以水之野獸包圍潔諾薇亞，一邊說：

『是為了實現自己和眷屬的夢想，更加深入學習關於校園以及學生們的各項事宜的地方。同時，也是和每天來這裡的人加深情感連結的地方——身為學生會長，讓我更加深入了解到「學校」是什麼。』

聽了蒼那學姊的回答，潔諾薇亞似乎深受感動。

『……這樣啊，妳果然相當了不起。遠比我強上許多。不過，我也想請妳聽聽我的想法。』

『好啊，請說。』

潔諾薇亞正面表示：

『對我而言，學生會——不對，駒王學園這個地方！充滿了令人開心的事情、好玩的事情，在那裡經驗的一切都有如美夢一般，是個最棒的地方！正因為那裡對我而言是最棒的地方，我更希望全校學生也覺得那裡是最棒的地方——我要守護就讀駒王學園的所有人的笑容！學生會是為此而存在，我也是為此才當上學生會長！』

潔諾薇亞仰天長嘯！

『——我要將駒王學園打造成能夠讓大家都開心的地方！』

對於潔諾薇亞的發言，蒼那學姊先是驚訝，但立刻露出柔和的笑容。

潔諾薇亞對蒼那學姊如此表示，表情上顯示出她的決心。

『蒼那前會長，和妳比起來，我的頭腦可能只有小動物等級的智能吧。不過，我也有我自己的作風！』

潔諾薇亞將杜蘭朵和王者之劍的神聖氣焰提升到最大，擺出施展那招必殺技的架勢！

那是交叉兩把聖劍來出招的，潔諾薇亞的終極手段。她打算用那招來除掉蒼那學姊操控的水龍以及野獸們嗎？可是，就算暫時消除了，也只會被蒼那學姊以少量的消耗再次製造出利維坦以及野獸們吧。

潔諾薇亞舉起交叉的兩把聖劍——目標竟然是水池！

『十字×危機——！』

杜蘭朵與王者之劍，交叉兩把傳說中的聖劍產生出來的龐大神聖波動，朝一旁的池水奔流而去！

神聖波動平息之後——出現在螢幕上的，是整個水池消失得無影無蹤的景象！園地冒出一個巨大的隕石坑，池水一滴也不剩！同時，包圍著潔諾薇亞的水龍和野獸們也消失了！

『……什麼！竟然直接破壞水源……！』

對於潔諾薇亞如此強硬地出招，蒼那學姊說不出話來。

蒼那學姊失去了水龍和野獸們，就連水源也沒了，潔諾薇亞便趁機拉近距離攻了過去！

即使沒了水，蒼那學姊依然以本身的魔力發動攻擊，卻被聖劍彈飛！

論體能，蒼那學姊終究贏不了潔諾薇亞。

『我要擊破妳了，蒼那前會長！』

不費吹灰之力地粉碎了蒼那學姊在前方展開的防禦型魔法陣，潔諾薇亞直接趁勢從正面砍倒蒼那學姊！

受到致命傷的蒼那學姊──被淘汰之光籠罩住。

『……這就是新世代的學生會長啊……』

留下這句話，西迪隊的「國王」帶著滿足的表情，消失在淘汰之光當中──

不久之後，廣播聲響起。

『「蒼那・西迪」隊的「國王」，淘汰。』

見證了這一幕的莉雅絲姊姊閉上眼睛，如此低語：

「……這是一場好比賽，匙、蒼那。」

然後，宣布獲勝者的廣播傳遍領域和會場。

『獲勝者是──「燚誠之赤龍帝」隊！』

──一誠同學他們得到了勝利。

比賽結束之後，我們吉蒙里隊離開了觀戰室，一邊走在走廊上，一邊對話。

「……小貓，和妳同世代的那個孩子非常不得了呢。」

「……莉雅絲姊姊，我早就知道了。那個孩子，蕾維兒總是以不同的觀點在看事情。」

小貓帶著極為認真的表情說了。

「蕾維兒是個怪物。只論戰鬥的話，那個孩子配上一誠學長，有著不同於莉雅絲姊姊配上一誠學長的強大戰鬥力。」

聽平常不太說這種話的小貓這麼說，莉雅絲姊姊露出無所畏懼的笑容。

「呵呵呵，妳倒是說得很直接嘛。既然如此──看來，我們果然有必要再準備更勝於此的怪物呢。」

就在這之後不久，莉雅絲姊姊說服了號稱「天界的暴舉」的瓦斯科．史特拉達大人，成功將他拉攏進我們的陣營。

New Line.

在對抗西迪隊之戰過了幾天之後——

我在放學路上和匙一起前往某個地方，並且在路上開懷暢談。

「真羅學姊要正式出道當作家嗎！」

我也只能驚訝了！誰教他突然就說真羅學姊要以作家的身分正式出道了！

「是啊，這大概是在那場比賽當中得到的最大的驚喜吧。」

匙也這麼表示。

聽他說，在那場比賽之後，就有好幾家冥界的出版社找上真羅學姊，她很有可能正式出道當作家。據說，冥界的女性們對那本同人誌的內容相當感興趣……

……不過我堅決反對把我和木場這樣那樣寫成小說就是了！話雖如此，我們的人生會發生什麼事情還真是難以預料呢。

在如此對話的同時，我們在匙家附近的車站下了車，然後直接前往他家。

比賽結束之後，我決定正式去匙家玩一趟。

一打開門，匙的弟弟元悟便乒乒乓乓地衝過走廊現身了。

「哥哥回來了！啊，是蜂蜜蛋糕哥哥！」

「嗨，你很有精神嘛，元悟。」

他好像記得我了……不過，蜂蜜蛋糕哥哥是吧。也好啦。

進了他們家，在前往客廳的路上，我向元悟道：

「這麼說來，聽說元悟打架打贏了啊？」

我這麼一問，元悟一副很得意的樣子，手舞足蹈地告訴我當時的狀況。

「嗯，我這樣這樣然後再這～樣，阿良就先哭出來了！」

聽了他的報告，匙尷尬地說：

「這樣啊，你很厲害耶。哥哥倒是……打架打輸了。」

匙一邊摸著弟弟元悟的頭，一邊看著我這麼說：

「——不過，哥哥也讓對方見識自己有多強了喔。」

……是啊，你很強喔。非常非常強……害我心想總有一天要再和你打一場。

不過，我暫時不會想再來一次那種專門打臉的互毆了吧。比賽之後，看見鼻青臉腫的我，一下子害潔諾薇亞大笑，一下子害愛西亞大哭，再怎麼說都太累了。

不一會兒，對講機響起，匙去開了門——

「貴安。」

「不好意思，我來晚了，匙。我也幫忙準備吧。」

莉雅絲和蒼那學姊趕到了。

沒錯！其實，我們決定今天把新舊神祕學研究社的成員和西迪隊都找來匙家打擾，好好玩個熱鬧！比賽結束之後，就可以來個夥伴之間的交流會了。

聽蒼那學姊那麼說，匙驚慌地表示：

「沒關係！我和妹妹會弄，會長坐著就好！」

雖然匙這麼說，莉雅絲和蒼那學姊還是占據了廚房，用買來的食材開始親自下廚。蒼那學姊的廚藝是毀滅性的糟，所以基本上是由莉雅絲負責調理。

在協助她們兩位的同時，匙的妹妹華穗拿出某種包裹。

「對了，元哥。蒼那小姐的朋友寄了這個過來，是要給元悟的。」

大家一起確認了寄件人，好像是來自阿加雷斯領。

「……是絲格維拉寄的啊。」

蒼那學姊這麼說。

我們打開包裹——裡面是一盒模型玩具，還有套裝的藍光光碟。

「……彈鋼的模型……還有藍光光碟組？」

……我如此低語……

不過，收禮的元悟本人倒是高舉模型的盒子開心地說：

「是玩具機器人！哥哥幫我組、幫我組！」

「……模型啊，我在國小組過戰車之後就沒碰過了耶……」

莉雅絲看了盒子之後這麼表示：

「哎呀，沒問題的喔，匙。這應該是容易組裝的最新款式。」

「……莉雅絲，妳怎麼知道？」

莉雅絲突然說得好像跟彈鋼很熟似的，害我有點好奇。

「因為你和小貓，甚至連絲格維拉和愛爾梅希爾德都對彈鋼很熟啊。作為交流的一環，我也稍微查了一下。應該會先把第一代全部看完吧。」

真的假的！就連莉雅絲也看起彈鋼了嗎！

總覺得，絲格維拉的魔手好像一點一點確實地影響著我們呢！為了避免造成對方的反感而不大張旗鼓地推薦，只是若無其事地偷偷傳教，讓彈鋼在沒有負面印象的狀況下，滲透到夥伴們之間……

終於連大會的比賽都被影響了，所以大家也都開始無法忽視了嗎！

……絲格維拉可怕的作戰計畫，也許接下來才要正式開始呢。

——經過這樣的插曲，成員們也陸續來到匙家集合。

「打擾了。」

木場到了。

「我買了很多東西來喔。」

潔諾薇亞也帶了伴手禮來。

「啊，我來幫忙下廚。」

愛西亞進了廚房。

西迪眷屬們也陸續抵達。在大家圍著桌子坐下之後，仁村說了：

「今天就是椿姬學姊的作家出道慶祝會了！」

「……總覺得很開心，心情又很複雜。」

真羅學姊的表情確實複雜到了極點。

匙的妹妹華穗露出戲謔的笑容，對蕾維兒說：

「蕾維兒小姐，請妳再朗讀一下椿姬小姐的書吧。」

一聽見這句話，大概也因為自己就在木場和我面前吧，真羅學姊顯得比那個時候還要驚慌失措，大聲抗議！

「別、別這樣好嗎————！」

就像這樣，今天的聚會就此開始……而匙不經意地問了他的弟弟元悟：

「元悟，你今天開心嗎？」

元悟看著聚集在客廳的哥哥的親朋好友們，笑容滿面地說了：

「嗯！大家都好好玩，我很開心！哥哥有好多朋友，真是太好了！」

沒錯，匙有很多朋友喔！

吶，匙。今後我也會來你家玩的。

比賽的時候雖然是那種狀況，平常的我和你擁有真正的羈絆（line）——是摯友。希望我們雙方可以悠悠哉哉地一直相處下去——

後記

好久不見。我是石踏。雖然是《DX》，這次卻是整本完全新稿呢。

以下簡短整理一下要點。

塞拉歐格對曹操！我一直很想實現這場戰鬥。這邊的寫作立場是希望能夠透過目前為止的生涯，建立起他們兩個之間的競爭對手關係。曹操的過去……也相當悲壯呢。

曹操隊的幻覺能力者馬西里歐，之前曾經在《FANTASIA文庫25周年anniversary book》這本書的《D×D》特別篇〈莉雅絲夢遊仙境〉中登場過，這篇故事在某種層面上也算是英雄篇（第三章）完結篇，所以有興趣的讀者請參考看看。

珀修斯是第一次出現。不過，有脫隊的成員也是理所當然的事情吧。

另外，前英雄派的成員，幾乎所有人都將禁手重新調整為深淵側(abyss side)了。

接著是對抗西迪之戰。我想了各式各樣讓蕾維兒和蒼那鬥策略的大綱，但是站在蕾維兒的角度看來，便產生了「從根本說來，她在握有一誠和維娜這兩張王牌的狀況下，會正面和蒼那拚戰術嗎？」這樣的疑問，所以這次才用了這種只有一誠隊才能夠執行的策略讓蒼那等人陷入苦戰。這次依然是一場重視氣氛和氣勢，漏洞百出的戰鬥，或許會有人想吐嘈說黃龍要準備多少符才能因應那種規模的領域啊之類的吧，不過還請各位多多包容。

一誠對上匙的戰鬥……由於在我心裡一直覺得第五集中有些東西沒有完全寫出來，這次在沿襲那些的同時，心想「這兩個傢伙只會這樣打了吧」就變成了土裡土氣的打臉拳互毆戰了。匙的設定在當時的第五集裡面也有許多部分無法著墨，我又決定在他們再次對戰之前不會提到匙的身世，所以隔了約莫二十集才寫了出來。

人工神器的禁手——「鬼手」的第一次登場。其實設定本身在動畫版第三季的ＢＤ特典小說當中已經搶先登場了。這次有些西迪成員的「鬼手」沒有介紹到，希望今後能夠找機會寫到。原則上，他們所有人都可以用了。

啊，絲格維拉這次也登場了，《ＤＸ》更是她的主戰場，今後肯定也會出現。

以下是答謝部分。みやま零老師、Ｔ責編，感謝兩位每次的多方照顧。

這邊有一件事情要發表，之前在「FANTASIA Beyond」以及カクヨム兩個網站上曾經刊登過的《惡魔高校Ｄ×Ｄ》共享世界(shared world)故事《墮天狗神—SLASHDOG—》，這次將由富士見FANTASIA文庫發行文庫本了。插圖將由きくらげ老師負責。除了刊登在網頁版的部分之外，後續的故事也將在文庫系列化，希望有幸能夠請各位連同《D×D》本篇＋《DX》一樣支持這部作品到完結。目前預計在十一月發行第一集（註：此指日文版狀況）。詳情請透過DRAGON MAGAZINE等管道注意後續情報。如此這般，還請各位繼續關心兵藤一誠的故事，以及相當於前傳的幾瀨鳶雄的故事。

另外，我（很久以前）在カクヨム網站上建立了帳號。

URL:https://kakuyomu.jp/users/ishibumi_ichiei

如果能夠刊登一些東西的話應該很有意思吧。我想最優先應該還是《D×D》（本篇＋《DX》）和《SLASHDOG》，請各位當成看到網站更新算是運氣好，耐心地等待。

接下來，《D×D》本篇的第二十四集以及《SLASHDOG》第一集將同時出版（註：此指日文版狀況）。國際大會預賽篇終於也來到尾聲了！不但有莉雅絲隊對上瓦利隊，一誠隊總算也要和神級選手的維達他們戰鬥了！下一集將以小貓和黑歌為主！通過預賽的十六支隊伍，將會是哪幾隊呢？敬請期待乳龍帝與狗神的新書！

Kadokawa Light Novels

機甲狩龍幻想戰記 1 待續

Kadokawa Fantastic Novels

作者：內田弘樹　插畫：比村奇石

駕駛豹式戰車與龍相抗！
由「戰車」與「龍」交織而成的異色對決！

為了成為以「戰車」討伐「龍」的「機甲狩龍師」，澄也進入亞涅爾貝狩龍師培訓學校就讀。被編入最末段班的他在尋找夥伴時與前菁英女騎士舒茨起了爭執，展開了一場戰車與人的另類對決!?憑藉隊友們的羈絆與戰術討伐敵人——機甲幻想戰記，正式揭幕！

台灣角川

NT$220/HK$68

Kadokawa Light Novels

妹妹人生〈上〉 待續

Kadokawa Fantastic Novels

作者：入間人間　插畫：フライ

「我在這世上最親密的人，是我妹妹。」
入間人間筆下最纖細感人的兄妹愛情故事

對愛哭，沒有毅力，只會發呆，沒有朋友，讓人操心，無法放著不管的妹妹，哥哥以一生的時間守護她成長。描述從小朝夕相處的兄妹，成年後對彼此產生情愫，選擇共度人生。風格多變的鬼才作家入間人間，獻上略帶苦澀的兄妹愛情故事。

NT$200/HK$60

台灣角川

Kadokawa Light Novels

渣熊出沒！蜜糖女孩請注意！ 1 待續

Kadokawa Fantastic Novels

作者：烏川さいか　插畫：シロガネヒナ

當熊男孩遇上蜜糖女孩？
最頂級的戀愛鬧劇登場！

　　阿部久真是個一亢奮就會變成熊的高中生。某天，他發現同班同學天海櫻的汗水是蜂蜜之後，居然把她推倒還大舔特舔！他甚至為私欲利用班長鈴木因校內出現熊所組成的捕熊隊的襲擊。然而在這場騷動中，櫻不知為何突然把久真當成寵物疼愛有加……？

台灣角川

NT$220/HK$68

Kadokawa Light Novels

迷幻魔域Ecstas Online 1 待續

Kadokawa Fantastic Novels

作者：久慈政宗　插畫：平つくね

君臨一切的邪惡魔王，
將用（嗶——）的力量拯救心上人!?

堂巡驅流轉生為君臨VR遊戲「EXODIA　EXODUS」的最強魔王赫爾夏夫特！然而他所傾心的女孩朝霧凜凜子以及同學們相信，只要打倒魔王，就能回到原本的世界。但其實魔王一死，所有人便會有生命危險——！堂巡將以最強的力量迎戰同班同學！

NT$220/HK$68

台灣角川

國家圖書館出版品預行編目資料

惡魔高校DxD. DX.4, 學生會與利維坦 / 石踏一榮作 ; kazano譯. -- 初版. -- 臺北市 : 臺灣角川, 2018.06

面 ; 公分

譯自 : ハイスクールD×D. DX.4, 生徒 とレヴィアタン

ISBN 978-957-564-241-9(平裝)

861.57 107005869

Kadokawa
Fantastic
Novels

惡魔高校D×D DX.4
學生會與利維坦

（原著名：ハイスクールD×D DX.4 生徒会とレヴィアタン）

2018年6月21日 初版第1刷發行
2023年3月16日 初版第2刷發行

作　者：石踏一榮
插　畫：みやま零
譯　者：kazano

發行人：岩崎剛人
總編輯：蔡佩芬
副主編：楊鎮遠
美術設計：黃永漢
印　務：李明修（主任）、張加恩（主任）、張凱棋

發行所：台灣角川股份有限公司
地　址：104台北市中山區松江路223號3樓
電　話：（02）2515-3000
傳　真：（02）2515-0033
網　址：www.kadokawa.com.tw
劃撥帳戶：台灣角川股份有限公司
劃撥帳號：19487412
法律顧問：有澤法律事務所
製　版：尚騰印刷事業有限公司
ISBN：978-957-564-241-9